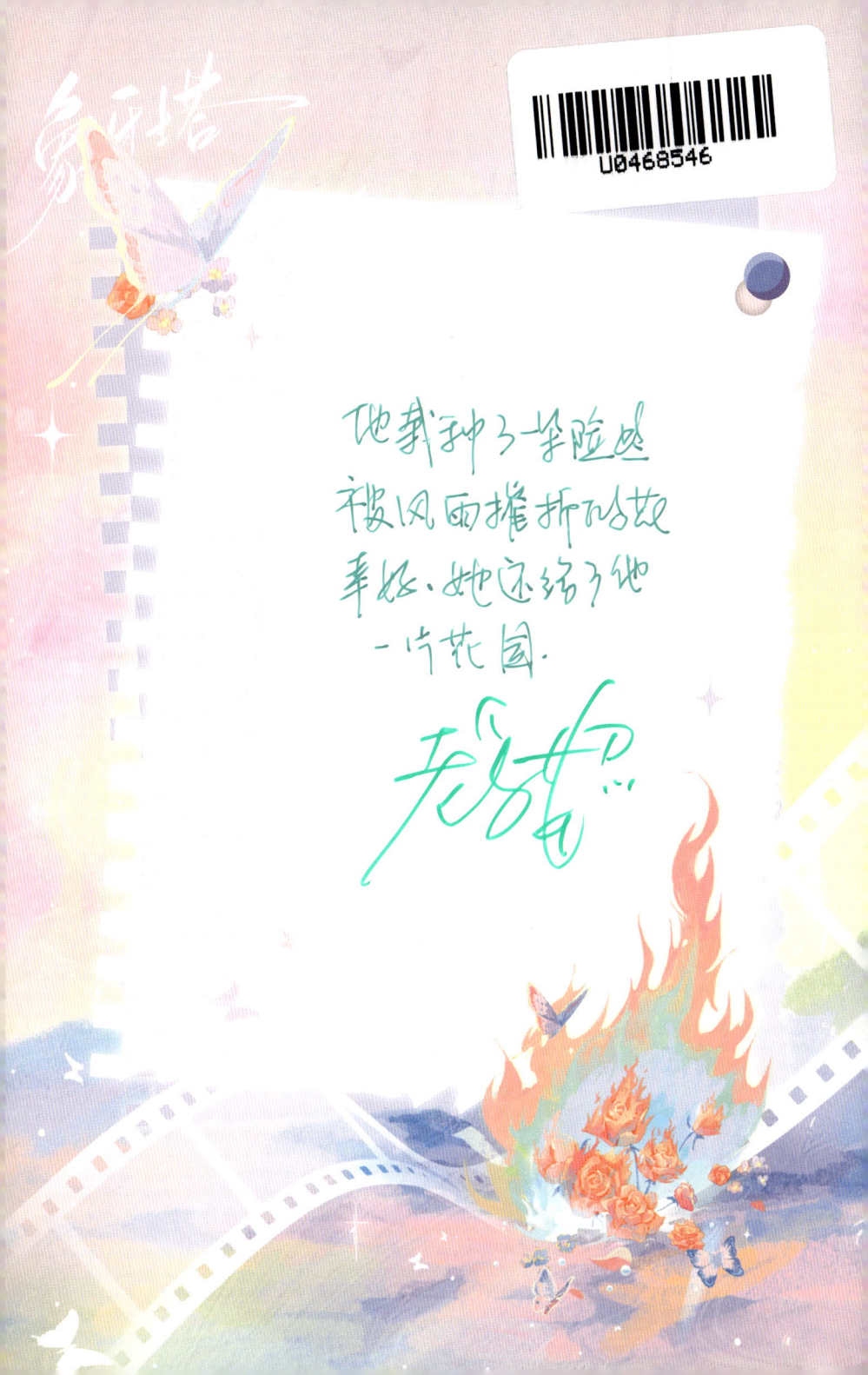

他栽种了半脸池
被风雨摧折的花
苗，她还给了他
一片花园。

你是我的象牙塔,亦是我的奥德修斯。

Xiang yata

[象牙塔]

「－ 我会走得很远，远过这些山丘，远过这些大海，直到靠近月亮。」

他栽种了一朵险些被风雨摧折的花,
她还给了他一片花园。

他也还在等,他相信自己会等到。
若是自始至终都没有等来,
那大概还是缘分不够。
萧则从不强求,
他要的是一份心甘情愿。

Xiangyata

她如今可以在树林中行走，肆无忌惮的
看寂静的夜晚如何靠在月光的背上入眠。
因为她拥有了自己的花园。

/匪东方则明、月出之光/

月色透过窗帘的缝隙进入房间,留下了窗前花瓣的剪影。
今夜的花香似乎和往日不同,
仿佛在低语着,
有人终于把过去的荆棘化作了花丛。
岁月不会辜负每一个对它有所期待的人。

有爱的青春陪伴者

象牙塔

吃草的老猫 / 著

江苏凤凰文艺出版社

图书在版编目（ＣＩＰ）数据

象牙塔 / 吃草的老猫著. -- 南京：江苏凤凰文艺出版社，2023.10
 ISBN 978-7-5594-7646-3

Ⅰ.①象… Ⅱ.①吃… Ⅲ.①长篇小说－中国－当代 Ⅳ.①I247.5

中国国家版本馆CIP数据核字(2023)第050088号

象牙塔

吃草的老猫　著

责任编辑	王昕宁
特约编辑	裴欣怡
出版发行	江苏凤凰文艺出版社
	南京市中央路165号，邮编：210009
网　　址	http://www.jswenyi.com
印　　刷	长沙鸿发印务实业有限公司
开　　本	880mm×1230mm　1/32
印　　张	8.75
字　　数	180千字
版　　次	2023年10月第1版
印　　次	2023年10月第1次印刷
书　　号	ISBN 978-7-5594-7646-3
定　　价	45.80元

江苏凤凰文艺版图书凡印刷、装订错误，可向出版社调换，联系电话025-83280257

目录

Chapter 01 001
/ 声色撩人

Chapter 02 017
/ 吊桥效应

Chapter 03 038
/ 心动博弈

Chapter 04 060
/ 尘封往事

Chapter 05 083
/ 温柔陷落

Chapter 06 113
/ 心照不宣

目 录

Chapter 07......*135*
/ 甘之如饴

Chapter 08......*159*
/ 拥吻月光

Chapter 09......*185*
/ 温润有声

Chapter 10......*210*
/ 星河灯火

Extra 01......*227*
/ 靠近月亮

Extra 02......*249*
/ 探班

Extra 03......*259*
/ 年岁

Chapter 01
/ 声色撩人 /

今天是中秋节，但周璇还是在早上九点准时出现在了"月初"工作室。

"月初"是 S 市最大的配音工作室，公司选址在某艺术园区里一栋三层高的独栋楼房。里面总共建有十八个规模不一的专业录音棚，还有设备齐全的会议室、办公室、健身房以及对于配音演员们必不可少的撸猫场所。

其中最明显的标志物就是中间巨大的挑空中庭，从员工办公区的落地玻璃窗前从上往下看，银杏树长得十分茂盛，一到开花季节像是把秋天都盛在院子里，景色尤其壮观。

这样的规模，放眼国内也没有几个配音工作室能比得过。

周璇和助理小周熟练地穿过长廊上了二楼，去到十五号录音棚。

十五号录音棚的门是关着的，门上挂了个"工作中勿扰"的小牌

子,牌子右下角是一只猫与月亮的剪影,这是"月初"的标志。

小周敲了敲门。

门内响起一道低沉且温和的嗓音,隔着门听得也清晰:"请进。"

小周推开门,礼貌地朝里面的人笑了笑:"萧导,又要麻烦您啦。"

屋内坐着两个人:一个是录音师,戴着口罩,见到她们只内敛地笑了笑,另一个就是小周口中的萧导——萧则。

男人原先应该是背对着门口,桌上的台词本是翻开的状态,他还拿着笔似乎正在做标注,但出于礼貌,他在听到敲门声的时候就停下了动作,并且转过了椅子侧对着门口。

周璇看着萧则不疾不徐地站起身,像过去每次一样微微向她们点头,也不知道是问她还是问小周:"吃了吗?"

他去给她们拿了两瓶水。

北方如今是深秋,气温已经挺低了。男人穿上了V领毛衣,里面的衬衣洁白规整,扣子没有扣到喉结那么死板,只是稍微遮住了锁骨,让这个英俊又儒雅的男人平添了一丝随意,中和掉了他本身容易带给人的疏离气质。

"吃了。"周璇收回目光。

她昨晚拍"大夜",只睡了三个小时就起床了,还有点起床气,看到这样神清气爽的萧则,没来由地就感到不爽。

周璇从包里掏出一周前邮寄到她手里的台词本,然后拿上水,转身进了棚。

小周见到自家老板这样也习惯了,不好意思地朝萧则笑了笑,乖乖在一边的沙发上坐了下来，然后拿出手机跟经纪人汇报行程。

萧则看着玻璃那边冷着一张脸的周璇，没什么表示，坐了下来，重新看回刚才做过笔记的台词本，向录音师示意开始。

周璇和萧则算是老搭档了，周璇拍了八年戏，和萧则合作就已经六七年了。

在外人看来，他们的默契度一直不错，虽然不见两人私下有什么来往，毕竟一个是配音导演，一个是娱乐圈双金影后，听着觉得隔着一层"壁"，但在棚内他们却足够称得上一对好搭档。

一来是萧则很了解周璇的配音习惯，并且会用她能理解的导戏语言和她交流。

二来是合作多年，两人的思维哪怕没有碰撞到一起也有许多协调空间。

他们都明白彼此对"戏"的不同理解与要求，所以能在一些观念冲突中各退一步为对方妥协。

小周和经纪人对接好这两天的行程后就开始堂而皇之地发起呆来。她最近跟着周璇拍戏也是日夜颠倒，这会儿人困得不行，但看到眼前这个男人，听着他的声音，又不舍得睡。

萧则的嗓子是出了名的沉稳温厚，按圈内的说法就是"0.7"的嗓音，低沉却绝不油腻。

很多这种类型的声音其实一说话就很容易"混"，简单来说就是会听不清，像是含着什么在说话。

象牙塔

而萧则的声音不仅沉还亮，且基本功扎实，哪怕音量或者胸腔共鸣压再低，但每个字都能吐得十分清晰，让人听着舒服。

小周高一的时候看的一档国家纪录片就是萧则配的旁白，那会儿他已经是国内一线商配了，二十七八岁的年纪，一开口就让屏幕前的她"苏"了耳朵。

当年的小周还没有关于声音工作的概念，只是直白地觉得这大概是她长这么大听过的最好听的声音。

后来跟着周璇亲眼见到萧则本人，她一度以为自己在做梦，男神本人不仅帅还有气质。哪怕两年过去了，小周看着工作中的萧则仍然会觉得不真实。

一个上午的工作结束得很顺利，因为周璇时间紧，萧则都会尽量给她把工作安排得相当紧凑，时间也基本完全配合她来走。

今天恰逢中秋剧组放假，以周璇的习惯肯定是一天都得在棚里。萧则合上台本，喝了一口水，对里面的人说："下午继续，先去吃饭？"

周璇也口干舌燥，手上的水已经喝完了。她点了点头，木着脸出了棚。

"月初"有员工餐厅，这个点大家都在吃午餐，从人数上来看加班的人还不少，氛围十分热闹。

一些人见到萧则带着周璇和小周下来，都很熟稔地打招呼："老大，璇姐！"

对别人，周璇还是挺好脾气的，笑了笑，对他们挥挥手。萧则让他们安分吃饭，然后和小周去窗口打饭。

小周看着前头的萧则熟练地打了两份饭，一份荤素搭配，一份全素食，眼观鼻鼻观心，假装什么都看不见，然后默默给自己打上三荤一素，再给周璇捎了一瓶水。

周璇正低头看手机消息，不一会儿眼前多了一份饭菜，都是清淡的素菜，绿油油的看着诱人，不管是分量还是菜式都让她满意。她放下手机，说了句"谢谢"，低头开吃。

"最近工作忙吗？"萧则问。

他们在一个角落里，周围几桌都没什么人。

萧则是个很随和的老板，平时在员工面前没什么架子，然而大家贴心地考虑到周璇在才没有靠近，唯一夹在两人中间的小周每到这时候都恨不得自己是个透明人，专心吃饭，假装自己什么都听不见。

周璇瞥他一眼，无视小周越埋越低的头，回答道："嗯，快杀青了，导演只给放了两天假。"

"辛苦。"

周璇在心里翻了个白眼，不自觉地就把萧则打的饭菜吃完了。

休息了一会儿，三人准备上楼继续干活儿。这时萧则的合伙人陈楠也结束了工作来到餐厅，看到他们就拐了过来打招呼。

"来配《锦凤》？"

《锦凤》是几个月前周璇刚拍完的一部"大女主"古装电视剧，现在正在配音阶段，萧则是配导兼男主角配音演员。

象牙塔一

在周璇来之前，萧则已经把男主角的戏份配得差不多了。

陈楠也是从译制厂出来的，年纪比周璇和萧则大，已经四十来岁，和周璇一样都是东北人，两人算是半个老乡。

当初陈楠拉萧则合伙创办"月初"，之后就慢慢把自己的工作重心从配音工作转移到商务这一块，配音业务方面的工作则交给了萧则。他只在人不够的时候会帮忙配些"群杂"，被戏称为"群杂顶流"。

周璇和陈楠也熟，点了点头，站在一边等陈楠和萧则说几句话。

他们聊天也没有避着周璇，周璇听了一会儿，大概就是下个月中有一个声优见面会，主办方想邀请萧则出席，陈楠问萧则时间上有没有问题。

配音圈有句话叫，南有"在河"，北有"月初"，足见这两家配音工作室在大部分人心中的分量。

它们是国内所有配音新人抑或有意从网配转商配的配音演员做梦都想要进入的地方。

被挖掘就意味着能被培养，这里有足够的作品可以用于打磨技巧，亦有相当大的流量可以支撑曝光率，只要你有能力亦能吃苦耐劳，"在河"和"月初"绝不会吝啬自己的平台。

可以说在培养配音人才、扩大配音队伍这方面，这两家国内最大的配音工作室都在源源不断地为这个行业贡献着自己的力量。

如今配音这个圈子已经不再像当初一样小众，随着网络的发展以及行业内很多前辈们的努力，配音工作已然缓缓从幕后转到台前。

随着受众增多，越来越多的人想在这里大展拳脚，也有更多的资本盯着这一块不停地做着营销策划，想要吃一口蛋糕。

"在河"和"月初"成立都有十多年了，不管是"在河"的创始人张斯文还是"月初"的创办者萧则、陈楠，都是如今配音界的翘楚。

哪怕他们这群人如今大部分工作重心都已经转到了配音导演这一块，也依然每年都在稳定地输出着优质的热门作品。

其中不乏资本方要求，毕竟如今大 IP 捆绑流量高的配音演员已经成为业内默认规则。

这种流量捆绑的现象短期内无法改变，也变相导致现在一线配音演员的身价连同粉丝数量都一起水涨船高。哪怕像萧则那么低调，也几乎不营销自己，微博也已经超过三百万粉丝，甩开许多同行一大截。

下个月是国庆，每年国庆黄金周都是各种二次元活动百花齐放的日子，去年萧则是参加了声优见面会的，但今年……

"我不去了哥，国庆打算出去走走。晚点我跟主办方打电话，看能不能安排魏子过去。"

"魏子"名叫魏杞，是如今新生代中势头很猛的配音演员之一。除去专业素质过硬，他也愿意下苦功钻研，关键是长得不错，唱歌也好听，在各种活动上都表现活跃并且配合营业，是最近各方资本的新宠。

为了努力打破资本捆绑大流量配音演员的潜规则，"月初"一直都在给这些有势头的新人配音演员表现的机会。

对于整个配音行业来说，最好的繁荣自然是百花齐放，他们涉及

的圈子太多，为了避免观众审美疲劳，努力更新迭代才能让圈子良性发展。

陈楠听了，摆摆手："不用你，我来打电话，你该干啥干啥。"

"行。"萧则没跟他客气，点点头，之后转身朝周璇示意，三人这才继续上楼。

周璇吃饱喝足，没有像上午那样木着一张脸了，甚至还有心情询问："萧导国庆打算去哪里玩？"

萧则上着楼梯，闻言也没回头，状似无意道："还没定……周老师有什么推荐吗？"

路上只有他们三个，走在最后的小周抿紧了嘴，恨不得原地蒸发。

周璇挑眉，别过头去，一直到最后都没有回答萧则的问题。

电视剧配音工作量大，这部又是"权谋向"古装剧，台词很多，他们一直录到晚上七点半，才勉强把前三十集录完，剩下一半要留到下次。

看时间差不多了，萧则对录音师说了句"辛苦了"，然后放人下班。

整个公司已经没几个人了，除了有要紧工作的，其余人这时候都在放假。

虽然他们这一行加班是常态，但"月初"每逢节假日几乎都会把人赶回家过节，要么提前做完手上的工作，要么晚一天做，也不差这一天，实在有项目赶不出活儿了才会让人留在这儿加班。

他们三人在楼道口分别。周璇朝萧则示意："你要忙的话就不用送了，我们自己回去就行。"

萧则："我去看下加班的同事。"

萧则站在比她们高两级的台阶上，手搭着浅木色的楼梯扶手，温润的木色衬出他突起的腕骨和修长的指节，就连白色的甲床都干干净净的。

哪怕是工作了一天，他给人的感觉依然整洁且自律，露不出一丝破绽："慢走。"

周璇挥挥手，转身朝门口走。小周紧跟着周璇，走两步后回头，看到萧则还站在那里，朝她做了个"中秋快乐"的口型，笑得温柔又好看。

直到她们快走到尽头，萧则才收回视线回身上楼，同时拨了附近一家酒店的电话，让他们送点儿海鲜过来。

"月初"的员工几乎都是外地人，中秋不能和家人团圆，大家都挺不容易，更别说在别人休息的时候还要留下加班的人，这节假日过得实在有些凄惨。

大家感情好不流行发红包这套，说实话群红包也没多少钱，那么萧则就尽量让他们能吃好喝好，每年如此。所以哪怕寻常节假日当天没有工作，萧则也习惯过来这边看看，犒劳犒劳同事。

等探望过一圈之后，萧则才回到自己的办公室，结束了中秋节的加班。

外头的路灯把树影打在墙上，他没有开灯，借着走廊微弱的亮光套上外套，拿上车钥匙，锁好办公室的门，下楼去了停车场。

象牙塔

这时候离他和周璇告别已经过了足足大半个小时了,然而等他走到自己的大G旁,看到靠着车门玩手机的人影时,却一点都不感到意外。

"快点开门,冷死了。"

周璇边搓着胳膊,边不耐烦地催促着——她把外套的兜帽和口罩都戴上了,整个人裹得严严实实,摸黑往黑色大G旁一站,不走近压根不会注意到这儿有个人。

萧则开了车锁,周璇立马像鱼一样往后座溜。

她的长腿上大G毫不费力,下一秒就无情地关上车门,一句话都懒得再说。

萧则在黑夜里无声笑了笑,打开驾驶座的车门,上了车。

"家里只有面和饺子。"萧则慢条斯理地挂挡,踩油门,稳稳地把大车倒了出去。

闻言,周璇头也不抬:"随便,但明天早上七点你要送我回家,我中午就要回横店。"

"好。"

车子缓缓驶向萧则的住处。他的房子离公司不远,就二十分钟的车程。

因为办公地点离地铁站有一段距离,乘坐其他交通工具又很费时间,为了减少通勤时间,"月初"的大部分员工基本都选择在附近的小区租房子住。

而萧则因为前些年这里的房价还行,所以干脆在附近的小区买了一套。

这个小区几年前被一个大地产商收购并做了规划改造,价格还因此翻了好几番。

这个时候热闹都在市区,路上一点都不堵,他们一路畅通无阻地回了家。

从到达地下车库到乘坐电梯上楼的这段时间里,周璇全程埋头看手机,萧则在一旁看路,目视前方。

要是有路人看到这一幕,估计都会以为他们只是恰好顺路的陌生人。

只是等萧则打开门,放下车钥匙的下一秒,周璇就把手机揣回兜里,脚后跟把门踢上。

"咔嗒"声响起的同时,周璇踩着十厘米的高跟鞋把萧则往墙上按,手钩着他的脖子迫使他低头,利落地吻了上去。

萧则没有动,也没有反抗,熟练地迎合着周璇。

萧则半合着眼,昏暗中也看不清他眼里是什么情绪,等她吻得差不多了才掌握主动权,每一次呼吸都像是契合到了周璇的点上。

半晌后,两人松开。

萧则目光清明,嗓子却变得低哑。他安静地靠在墙上,说:"我以为你要先吃点儿东西。"

他这样说话最性感,气音像把钩子,听得人耳朵发麻,配上他略有些冷淡的眉眼,任何一个女人看了都会产生征服欲。

象牙塔

周璇想了一天了，这会儿不想吃饭，就想他。闻言，她咬了他的下唇一口："先洗澡。"

她也用的气音，明知故犯地还以颜色，他教她的那些说话技巧她全使在他身上。

周璇踹掉高跟鞋，一下子矮了一截，只到萧则的胸膛，但下一秒她就钩着萧则的腰，熟练地把自己挂在他身上。

周璇对自己的身材管理十分严格，虽然一米六八但体重也就九十斤出头，抱着不算沉。玄关的灯昏暗，打在她身上，投映出她立挺的五官。

她的美从来都是毋庸置疑的，她眼形狭长，眼角上挑，嘴唇饱满，有种当年群星荟萃时的港星味道，整个人美艳得十分有气势。

从出道时那股外放的劲儿到如今收放自如，她太懂要如何利用自己的长处，并且能精准挠到人心里最痒的地方。

萧则在她挑衅的注视下暗了双眸，那双眼里平日里波澜不惊，因此总是不自觉就透露出疏离，如今却缓缓席卷起一股热潮。

萧则家有一个很大的按摩浴缸，但他们谁都没想用。萧则进了浴室之后径直走到淋浴区，把人放了下来。

周璇踩着瓷砖地面，被凉得哆嗦了一下，下一秒整个人就被翻了过去。她双手按住墙壁，余光瞥见男人骨节分明的手腕从身侧伸了出来，准确地按下了热水开关，浴室里很快被水汽盖满。

她愉悦地享受接下来发生的一切……

周璇躺在灰色床单上，包包掉在玄关了，现在手上没烟，她又起不来身去拿。

萧则在厨房做饭，油烟机的响声伴随着刀落在砧板上的动静传进房间。周璇看着窗外的夜空发呆，安安静静，不知道在想什么。

最后还是烟瘾犯了，她才去萧则的衣柜随便找了一件睡衣套上，然后去客厅找包。

周璇身材高挑，穿男人的衣服也不会太大，只是到底男女骨架有差别，宽松的下摆空落落的，让她看起来比平时还要纤细许多。

周璇到客厅后在沙发上看见了自己的包，应该是萧则从玄关收拾过来的。她走过去从包里拿出一盒爆珠，拿出一根捏爆点上，放到嘴里抽了一口。

微凉的薄荷味让她上头，也驱散了她的懒劲儿。等整个人都清醒过来，她才好整以暇地靠在沙发上，观察着站在厨房里背对着自己的男人。

按理说男人上了三十岁，没有几个不会变得秃顶、肥胖，但周璇看着萧则的背影，不得不承认，她和萧则从他二十八岁走到如今他三十五岁，简直是越看他越满意。

先不说萧则先天条件本就好，关键的是，他还自律。

周璇就没见过比萧则还要克制自律的男人。

出于职业素养，他为了保护嗓子烟酒不沾，她能理解，最离谱的是他还饮食规律，每日坚持健身。

萧则没有夸张的洁癖，但习惯让自己和周围环境保持干净整洁，性格也是不急不躁、成熟持重，除了工作原因不能保证早睡，这个人

几乎没有毛病。

最近微博有个奇怪的热搜叫"人类高质量男性",点进去一看,里面什么妖魔鬼怪都有,但也不妨碍周璇一看到这个词条第一个想到的就是萧则。

周璇以前听陈楠闲聊时提起过,萧则家里貌似是做中医的,祖上三代都是。

但萧则也不知道是迟来的叛逆期还是怎的,最后他没有选择继承家业,而是在上大学后转了传媒配音这一块,一毕业就进了译制厂。

这在当时看来是一件十分了不起的事。

萧则具体的心路历程周璇从没有问过,他俩没到那地步。

周璇觉得他们能这样处了七八年最重要的原因就是她和萧则都不是会越线的人,甚至周璇觉得自己在某些方面算是很了解他。

这个男人大概比她更分得清"情人"与"爱人"的区别。

萧则将冰箱里仅剩的番茄切块,煮得软烂后加调味料简单做成了汤底,然后下了一份面条和一份饺子,煮熟后倒进了两个碗里。

考虑到周璇这个点不会吃太多东西,他只给她盛了少量。

拿到碗后,周璇很利索地吃了起来。

萧则口味清淡,做的东西少油少盐正适合她。

其实往常这个点周璇不会吃主食了,奈何刚刚实在消耗了太多体力,她决定放纵一回。

"国庆你有事儿?"

等快吃完，周璇而引起讨论中心才想起白天听见陈楠问他声优见面会的事，便提起来。

萧则吃得快，这会儿已经放下筷子，准备收拾东西。闻言，他看她一眼，回道："答应过你，没忘。"

周璇把最后一口饺子吃掉，萧则刚好收拾完，把她的碗一并端进厨房。

晚上，他们躺在一张床上。两人已经快一个月没见，萧则还是习惯性把她抱在怀里。

周璇说："你要是有别的要忙可以不用去，反正也不是什么大事儿。"

萧则已经很困了，只要不加班，他的作息一直稳定在晚上十点入睡。这会儿他闭着眼睛，很自然地亲了亲她的额头，语速比平时要慢，还带着性感的鼻音："我不忙，快睡。"

他都这么说了，周璇也不再矫情，揪着他的领口，闻着他身上淡淡的沐浴液香味，闭上眼睛。

屋里点着一种名叫"书院莲池"的原创品牌熏香，名字取得雅致，香味也独特，似凝了春雨冬雪，带着淡淡的莲花香。

她在这像极了萧则的气味中很快就睡着了。

第二天周璇起床的时候，萧则已经把早饭都准备好了。

衣柜里有周璇的衣服，她起床换上，出了客厅看向阳台，昨天在浴室里被弄湿的衣物也全都洗好了晾在挂杆上。

如果让周璇给这么多年来萧则的表现一个评价，她一定会毫不吝

象牙塔

啬地说出"完美情人"四个字。

"吃点儿。"

连早饭都那么适合她的口味,蔬菜沙拉,配上一点橘子醋,还有一杯热咖啡。

萧则的时间掐得刚刚好,等周璇坐下开始吃早饭,他也坐了下来。

他自己的早饭是跑步时在路上顺道买的包子和豆浆,手边放着每天都会送到楼下信箱的报纸。

这个年代几乎没有什么人会订这些纸质刊物了,手机里什么都能看到。但萧则不大喜欢 APP 的广告和一些捆绑选项,因此从大学的新闻课开始他就养成了阅读纸质刊物的习惯。

他坐在餐桌前,戴着无框眼镜低头看报纸的样子在周璇看来十分有年代感。

"下一次录音我得当天去当天回。"

闻言,萧则"嗯"了一声:"我知道,刘姐跟我定了时间。"

他们好像习惯了这样,她三天两头地飞,偶尔回 S 市了才会来他这里。

如果这是一段正常的恋情,估计这样久了也会生出点摩擦,偏偏他俩都算是性格寡淡的人,两个双子座凑到一起有时候会显得理智到无趣。

他们在一起的大部分时间都在纾解欲望,不在对方身边时感觉也不差,各有各的事业,也都同样享受着这份自由的忙碌。

好似他们天生适合做情人,而非伴侣。

Chapter 02
/ 吊桥效应 /

接下来的半个月，周璇和萧则只见过一回，还是在熟悉的录音棚里。

因为第二天周璇的戏就要杀青了，所以她录完剩下的部分就赶了当天的晚班机回横店，两人私下没有过多的交流。

一直到国庆期间萧则也没给自己放假，因为他手上还有录制广播剧的工作。

广播剧通常是一周一更，正常来说他们会提前录制好两三期的量，然后把时间空给后期。

但萧则手里有好几部剧在同时进行，国庆周又刚好有一个完结广播剧的 Free talk（漫话、自由谈）要录制。

收尾阶段是整个项目组最忙的时候，所以萧则最后还是在国庆期间加了三天的班。

三号晚上萧则请了同样在加班的同事们去吃了顿大餐，负责宣发的同事心血来潮拍了个短视频发微博，评论底下一溜儿的"到底要怎么样才能去'月初'上班，急，在线等"。

象牙塔

"月初"的员工福利好是众所周知的,老板不仅脾气好还大方。

同样是发国庆短视频,周璇那边则是由工作室发布的拍《风袖》杂志封面的花絮片段——镜头里的周璇穿着一身黑色礼服走在海边,旁边是工作人员在布景,她毫不在意地拎着高跟鞋踏浪。

发现助理在拍她,周璇轻轻一瞥,随后镜头一转,她略带些冷淡的眉眼一个特写出现在画面中的监视器里,形成奇妙的画中画。

四号当天,萧则在家休息,下午彻底打扫了一遍屋子,然后收拾了行李,五号坐上了去W市的飞机。

周璇是W市人。

那年萧则的前辈——从事配音工作已经三十多年的魏海老师被确诊患上胃癌。

幸而发现及时,魏海的癌细胞还在早期尚未扩散,通过手术和辅助治疗,后期仍有痊愈的可能。

魏海不仅是萧则的前辈,还是他处于配音新人时期给予他许多帮助的老师。

所以在魏海发现病情被迫停止了许多项目的时候,萧则主动到W市接手魏海的工作。

魏海工作室那边在紧急调节其他人的档期,萧则则在此期间帮忙给魏海主导的一些作品收尾,甚至还给原本应该由魏海配音的角色寻找替代的配音演员。

萧则和周璇的第一次见面就是在魏海工作室。

那时候的周璇还是个名不见经传的新人演员，签的是大公司，但咖位却很模糊。

虽然没到十七八线那么潦倒，但也称不上红，她靠着刚出道时拍的一部校园网剧火了一阵，很快又因为后续资源跟不上而沉寂下去。

校园题材本身就比较小众，最起码和演员这个圈子有很多接触的萧则，当时的确是没听说过有这号人。

当时周璇才二十一岁，刚从电影学院毕业，很是青葱，但她的眼神很利，五官张扬得近乎放肆，整个人的气场就像一把无鞘的剑，谁看了都觉得扎手。

在娱乐圈，好看的人有很多，气质特别的也不少，因此萧则一开始只是粗略地认了认人，并未特别关注她。印象的转折来自于他亲自给她导戏的过程，那天的情景萧则到现在还记得。

那天上午给周璇导戏的原本定的是魏海工作室的另一位配导，但是因为魏海老师住院，原先订好的工作计划都打乱了，所以最后调配的结果是那位配导去顶替魏海的工作，萧则就到了这个项目组帮忙。

一进棚，萧则就看见周璇神色困倦地从桌前坐起来，她原本是趴着，应该是在睡午觉，刘海有点凌乱，听到开门声醒来后，她下意识地从包里掏出一盒蓝色香烟。

萧则眉头也没皱，十分礼貌地开口："抱歉，棚内禁烟。"

他们四目相对，他看到她的眼神，就像被打扰了休息的小兽。当时萧则的第一反应就是她好像很久没有休息了，眼里泛着血丝。

于是他缓和了语气，但仍然平淡地给出建议："外面有吸烟区，

或许你可以在那里抽。"

周璇收回烟，说："不用。"

她嗓子很哑，一直在旁边大气不敢喘的助理连忙给她递上一瓶水。

萧则和他身后一起来的录音师都坐在自己的位置上，萧则看向周璇："那我们开始？"

仔细想想，那天下午的录音于萧则而言的确是不太顺利。

周璇的状态不好，而萧则是一个在业内出了名精益求精的人，他的耐心很足，可以一遍遍纠错，也可以一遍遍跟你导戏，但在周璇看来这应该是一场噩梦。

毕竟这只是一部成本不怎么高的电视剧，她演的还是女二号，完全可以踩着及格线蒙混过关。

当时棚内的气氛因为一次次喊停而显得有些紧绷，周璇的眉头越皱越紧，嗓子也越来越哑，这样下去工作根本不可能顺利完成。

萧则看着手里的台词本，暗暗叹了口气，决定配完这段先让周璇休息。

他开着麦和周璇交流："感情不够。"

他的声音低沉，带着点不自知的严厉："面对亲人离世，震惊可以，但这种情绪不能给太多，因为你已经预料到了结果，对于这种已经有心理准备的离别，你更多的感觉应该是？"

这是萧则一贯的导戏习惯，鼓动人去思考、去体会。谁知周璇在里面听到这句话，似乎彻底宣布耐心告罄。她猛地透过玻璃直视萧则，看了半晌后，面无表情地回应："没死过，感觉不出来。"

录音棚内一片死寂。

萧则皱着眉头，与一墙之隔的周璇对视。

录音师见状心道不好，害怕萧则发火不好收场，只能硬着头皮打圆场："萧老师，要不先休息下？已经连着录了三个小时了。"

萧则刚面无表情地"嗯"了一声，下一秒周璇已经起身走出棚，过程中谁也没看，从包里拿出一盒烟就出去了。

助理见气氛尴尬，也跟了出去，大概是去劝人。

但萧则觉得这个小姑娘应该是没法好好劝的，他见过的演员也不算少，是软性子还是硬脾气一看便知。

他向来不喜没有专业素养的人，但从不会表现在脸上：一来是教养不允许他这么做；二来主动来帮忙是自己的决定，这里不是"月初"，他发作了也只是给熟人添麻烦。

录音师见周璇出去了才叹了一口气，嘀咕道："现在的小明星，怎么一个个脾气都这么大？"

他是做录音师的，也见过很多耍大牌的明星，这个不愿意配、那个不会配什么的其实也很常见，但是这么年轻又这么不好伺候的还是头一遭遇到。

萧则没接录音师的话，他向来不在背后议论人，只是拍拍录音师的肩膀，然后就低头看台词本了。

那天终究是不欢而散，最后周璇也没能录完，一到下午五点半，助理似乎是在玻璃外提示了一下，周璇看了看手机，起身告辞。

萧则没有提醒她这戏还没录完，点了点头，转身就走了，一句多

象牙塔

余的话也没有。

其实这时候熟悉萧则的人都能看出来他有点生气了，但萧则一直以来都是很能消化情绪的人，等他下班到了医院，气也差不多全消了。

工作情绪不带进私生活，萧则就是这么一个理智到近乎冷情的人。

萧则到了住院部去看魏海老师，老师的夫人也在病房内。

魏海老师的手术过程很顺利，主治医师是在这个领域出名的大夫。老配音演员兢兢业业半辈子，一路广结善缘，因此这次生病住院全国各地的朋友都有帮忙，筹款的筹款，联系医生的联系医生，找床位的找床位，足见大家对这位老前辈的重视。

如今魏海老师定期做辅助治疗效果也不错，萧则眼见老师恢复得越来越好。

只是毕竟是癌症，现在的魏海老师已经完全没有几个月前那般的精气神了，整个人瘦了一圈，萧则到的时候魏海老师的夫人正在给他削苹果。

"小萧来了啊。"魏海老师的夫人也是一名老资历配音演员，因为丈夫的病情自己也停了许多工作，专心照顾他。

他们两口子在圈内是出了名的伉俪情深，没有孩子，相互扶持，也经常搭伙配夫妻，萧则是听着他们的戏长大的。

"来了。"萧则朝两位长辈笑了笑。

这时候门口刚好有护士送来领药的单子，萧则利落地放下手上的东西，阻止了长辈起身："我去。"

魏海夫妇俩和萧则都熟得不能再熟，对他特意飞过来帮忙这些天也很少说什么，他们的交情已经不需要计较这些了。

萧则是在取药窗口被周景撞到的。

那孩子大约十二三岁，奔跑的时候像只莽撞的幼兽径直冲向萧则，随着一声闷哼，萧则手疾眼快地扶住了他。

那是个过分瘦弱的小孩，穿着浅蓝色的病号服，被攥住的手腕纤细得几乎只剩骨头。他撞着人了约莫自己也吓了一跳，兔子一样抬起头，一双眼睛还带着泪，哭出了三眼皮。

萧则正想开口询问，不远处传来着急的脚步声，随后他听见有人叫着"小景"。

萧则对声音很敏感，几乎是一瞬间就认出来是周璇的声音。

周璇和一位护士跑了过来，脸色不是太好。两人四目相对的瞬间，周璇皱了皱眉。她身旁的护士见到周景停住后，似乎松了一口气，哄道："小景，我们先回病房好不好？"

萧则看向身前的孩子，他几乎是下意识地攥住了萧则的衣角，看得出来他很难过，十几岁的孩子并不能很好掩藏情绪。

"小景，过来。"周围有人看过来，周璇冷了语气，往前走了两步，似乎要上前抓人。

那个叫"小景"的小孩身子明显瑟缩了下，被萧则感觉到了。他忽然伸手按了按孩子单薄的肩膀，说："你叫小景？"

有人曾经说过，只要萧则愿意，他能轻易哄骗任何人。

023

那样的声音条件仿佛是天赐的，很少有人会在他特意放慢的语气中不被蛊惑，他温和的低音里天生带着安抚人心的力量。

兴许是这个原因，周璇对萧则放下了戒备。他紧紧攥住萧则的衣角，在萧则温柔的声音里止不住地啜泣了起来。他点了点头，另一只手捂着眼睛，哭得好似十分委屈。

萧则摸摸他的头，随即看向不远处的周璇。

她看着情绪也很差，看着哭泣的周景，她抿起了好看的唇。

萧则："需要帮忙吗？"

几分钟后，萧则拜托护士把老师的药拿去病房，然后和周璇一起带着周景上楼。

周景的病房是单人间，到房门口的时候周璇没有进去，靠在对面的墙上休息。她似乎很疲惫，这种疲惫比几个小时前更明显。

见状，萧则贴心地把孩子送进去，安抚片刻再出来。

萧则试探性地问道："他是……"

周璇："我弟弟，周景。"过了片刻，大概是感受到了萧则的目光，她又补上了一句解释，"先天性心脏病。"

萧则点头，表示明白。

就在萧则考虑是否应该告辞的时候，周璇忽然主动开口请他帮忙："你能……帮我先看着他吗？他今天情绪不太好。"

萧则："你有急事？"

"我妈……"周璇顿了下，虽然只是一秒，却也被萧则捕捉到，

"她在楼上ICU。"

那一年的周璇可以用"屋漏偏逢连夜雨"来形容,母亲器官衰竭到了无法治疗的地步,只能支付高额的费用勉强在ICU维持呼吸。在萧则没来之前,她其实已经签过两次病危通知,到后来渐渐快要麻木了。

周景受母亲怀孕期间所服用的治疗药物及辐射影响,生来就患有室间隔缺损并伴随各种综合征,偏偏他适应性极差,完全不能使用介入性治疗。

萧则之前没有猜错,周璇的确是很久没有睡过好觉,她日夜奔波,白天要工作,晚上只能睡在医院,母亲和弟弟如今只有她可以依靠。

周璇离开后,萧则在周景的病房里陪了他一会儿。周景哭累了,很快就在输液期间睡着了。他瘦弱的手臂血管明显,输液的地方已经肿了,且青紫一片,但他好像已经习惯了,仍然睡得很安稳。

护士送完药回来,看见孩子睡着了也放下心,并且忍不住和萧则聊了一会儿关于周璇家里的情况。

等周璇回来后,萧则来到走廊,忽然低声对她说:"抱歉。"

他在为白天工作时无意说的那句话道歉,周璇听明白了,沉默了一会儿,说:"没事。"

周璇明白这不是别人的错,眼前的男人一看就十分有涵养,按理说他根本没有必要向她道歉,那不过是出于工作的必要讨论,反而是她,因为私事影响工作状态才是十分不专业。

象牙塔

萧则等了片刻没等来周璇再开口,于是明白了她并没有求助或者倾诉的意思,很快就告辞了。

周璇正在病房里给周景剥柚子。

她手法娴熟,用刀利落地将柚子一分为二,然后沿着缝隙再划拉几刀。这方法最近在网上很火,能很快剥出整个柚子,其实她很早就会了,周景爱吃,她每次来都给他剥。

周景如今已经二十岁了,正常孩子到这个年纪还在念大学,但周景不具备那样的身体条件,一直坚持到念完高中就没再上过学。

他依然白皙瘦弱,比同龄的孩子看着要小,也更羸弱。但他五官长开了,整个人帅气不少,或许是因为脸小,显得一双眼更大更清澈,有种小鹿斑比的感觉。

周璇剥柚子的时候,手机响了一声,是微信的提示音。她腾不出手来,便示意周景帮自己看看。

周景听话地拿过小桌子上的手机,看到备注名的瞬间眼睛就弯了起来,显然很开心:"姐,是萧哥,他说他落地了。"

早几个月前周璇就跟周景说过国庆有时间的话会让萧则过来,孩子一直盼着呢,他已经很久没见萧则了。

眼缘这个东西真的很玄乎,周景因为身体原因从小到大都是有点内向甚至还有些自我封闭的孩子,又因为周璇的工作性质原因,他对任何人都很难起亲近之心,对陌生人会不自觉地防备。

他对大部分人都有礼貌,却很难亲近。可他从撞上萧则那天起就对萧则产生了没来由的信赖感。

当然这其中也有一些"姐夫"滤镜，虽然周璇从不承认两人之间的关系，但周景心里有数，小孩的心思比大人想象中要敏感得多。

周景很喜欢萧则，也觉得姐姐身边有萧则自己更放心。

周璇还没来得及让周景帮自己回消息，那头的电话就来了。周景不等姐姐示意，自己就接了电话。对面"喂"了一声，周景乖乖回话："萧哥，是我。"

"小景。"电话那头有关上后备厢的声音，萧则的音色一直都那样好听，听得人耳朵酥酥麻麻的，"你姐在医院吗？"

"是的，她让你直接来我这儿。"周景按照周璇的意思传达，"萧哥，你穿够衣服了吗？W市都降温了。"

"穿够了，我看了天气预报。"萧则没聊太久，应该是上车了，他向司机报了医院的地址，然后对周景说，"我四十分钟后到，等我到了再聊。"

"好的。"

周景挂了电话。

周璇把柚子都盛在一个大碗里，红通通的一小块一小块，看着十分诱人。

周璇拿纸巾擦擦手，扫了周景一眼："在他面前你倒是乖。"

周景眯着眼睛笑了笑，像一只猫，他过去蹭着他姐："我不是对谁都乖吗？"

周璇被他抱着，也没躲："刘姐说你不乖。"

"我没有。"他没看周璇,垂着眼,抱着大碗从里面拿柚子吃。

"周景——"

"姐……我想家了。"

周景打断周璇的话,靠在周璇的肩上,成功地让周璇不再往下说。

他小时候很怕姐姐,长大后却不怕了,或许是因为小时候的他并未明白过她,只觉得自己很可怜,整天要打针,要接受各种仪器检查,还需要动手术。

他好烦躁,而周璇总是脾气不大好的样子,小孩子心思很敏感,因此那会儿他总是小心翼翼,并且也厌恶自己。

母亲去世时他还不是很懂事,只知道自己的亲人去世了,却没有感到实实在在的难过,因为自打他有记忆以来就没怎么见过那个人。他只有姐姐,当然,还有一个比母亲存在感更低的素未谋面的父亲。

他在 W 市有家,虽然很少回去,却很喜欢那个小房子,一百平方米的两房两厅旧楼房,五脏俱全。

那个地方比医院好,总是被阳光晒着,暖洋洋的。东北那么冷,但他只要在家就会觉得很温暖。因此在懂事之后他常求着周璇请的护工带自己回家,不让回就生闷气,不好好回答医生和护士的话,也不乖乖打点滴。

周璇抱着弟弟,他太瘦了,她一只手就能轻易将他环住,隔着病号服能摸到他突起的骨头,让人心里不踏实。

周璇沉默了好一会儿,才答应他:"这段时间带你回去住。"

她的脸颊往右偏了偏,男孩儿的寸头刺刺的,挠得人皮肤发痒。

因为经常要做检查，为了图方便周景一直都是剪寸头的，但周景头型好，剪寸头也是小帅哥，看着比留长发要精神，周璇很爱摸他的小刺头。

"好呀。"

得到姐姐的承诺，周景是真高兴，一米七几的个儿窝在姐姐身边也不嫌累。

萧则到病房的时候，碗里的柚子还剩一小半。周璇坐在旁边敲着手机，是周景先看到了他，笑着坐起身来，喊了声"萧哥"。

"身体怎么样？"萧则敞着外套，里面是一件修身的灰色毛衣。他推着行李箱进来，却完全没有风尘仆仆的感觉。

萧则把行李放到一边，他没洗手，周景就捏了一块柚子肉送过去。萧则十分自然地走到病床前，低头咬住，含糊地说了句"甜"。

这样的氛围周景太喜欢了，像是一个家。他笑得眼睛眯起来，和嘴角的弧度一模一样："很精神，我都不困。"

"挺好。"

说完，萧则去卫生间洗了手。

出来后他坐了下来，周璇在他对面，还在看手机。

她在跟经纪人沟通国庆后的档期，如果不忙的话打算晚几天回去。

经纪人看了一下时间，说没有问题。

打字的时候，周璇分出了些注意力去听那两人说话。萧则的声音沉沉的，询问周景这几个月的一些检查情况。他好似从未把周景

当作一个特殊的病人,随着周景长大,他会像对待一个男人一样和周景对话。

周景很吃这套,自打萧则来了病房,他的情绪一直高涨,和见了她这个亲姐也差不多。

他们男人之间的谈话,周璇也没想过要插嘴。直到周景说晚上要回家,萧则才拍了拍他的手,似乎是随口问道:"那今晚想吃什么?"

他这一问好像问的就是姐弟俩,周璇瞥了他一眼,没有答话。萧则原本没有看她,注意到她的视线,也转了过来,眼神似乎在询问她意见。

"随便。"

周璇吃人嘴软,嘀咕了一声。

周景笑眯眯地看着两人,几秒后才说:"吃酸菜鱼吧!"

萧则闻言才把视线转了回去,点点头说:"外面的酸菜鱼重油重盐,回去我给你做,行吗?"

"当然行!"

周景的身体情况使得他要严格控制摄入油盐,但萧则从不会说"吃这不好"或者"你不能吃"之类的话,他说话做事很聪明,也有自己的一套,因而显得十分妥帖。

W市已经很冷了,最高温度只有十二三摄氏度,并且会一天比一天冷。

周璇给周景包得严严实实的,那么纤细一个人差点被裹成一个球。

但周景为了回家没有任何怨言,弯着一双眼笑眯眯的。外套的兜帽戴上遮住他的寸头,大衣拉链拉到最上面挡住脖子和下巴,整个人只露出一双好看的大眼睛。

他没什么要带的,除了药,家里什么都有。

他平时偶尔会跟周璇回家住几天,医生按老样子叮嘱了几句,萧则听得认真,会随着医生的话点头。

周璇开了车过来,萧则把自己的行李还有领的药都放进后备厢,然后径直走向驾驶座。周璇陪着周景坐后面,两姐弟小声说着话。

周璇拍的所有电视剧和电影周景全都倒背如流,他平时在医院没事干就爱上网搜他姐。最近那部古装剧开始有营销号炒了,他便问什么时候能看。

周璇瞅了前面的人一眼:"等配音弄好吧,已经在排期过审,应该快了。"

周景注意到那细微的一眼,乐了:"还是萧哥配男主角吗?"

萧则说"是",周景直笑:"我快能把你们配男女主角的剧凑够一双手了。"

周璇逗他:"怎么,不喜欢?"

她放松下来,靠在车座靠背上,戳了戳周景没什么肉的脸:"不爱听他说话?"

周景:"那肯定不,没人的声音能比我萧哥更好听的了,而且配的男主角也完全是不一样的感觉,我是萧哥的铁粉才能听出来,路人肯定听不出来。"

萧则被孩子的"彩虹屁"夸笑了："那和你姐姐比呢？"

周景在周璇威胁的目光中故作沉吟，最后还是站在他萧哥这边："那还是萧哥声音好，姐姐一说话我就犯怵，她要是能温柔点就好啦。"

"臭小子。"

姐弟俩在后面"自相残杀"，萧则稳稳地开着车驶出高速，根据自己的印象来到西城区一家高档超市，把车停在超市的地下停车场。

原本想让他们在车里等着，他上去买点菜就回来，周璇是什么样的生活习惯他很清楚，没有助理照顾的话，她宁愿不吃也懒得自己做，实在饿得不行就做沙拉，方便快捷。

其实周璇并不是会被身材"内卷"影响到的性格，除了拍戏必要的身材维持，她大多数时候只是懒得动而已，而且做这行的确也忙，演员本身也是极具挑战而又容易焦虑的职业，一旦有戏拍她经常会累得吃不下饭，导致胃口变得越来越小。

他们姐弟俩吃得都不算多，萧则寻思着菜不需要买多少，能速战速决。

然而周景很珍惜每次离开医院的时光，尤其是这次萧则也在，一定要跟着。

这会儿已经是晚上了，风有点大，萧则嘱咐周景裹好衣服，才带着他下车。

周景很自然地牵起萧则的手。

萧则的手很大，掌心算不上太粗糙，却还是有着很明显的纹理质感，指节修长，腕骨十分漂亮。

周景从第一次牵的时候就觉得他萧哥的掌心一直是热的,哪怕外面气温再低也暖得很快,和他萧哥给人的感觉一样,宽厚又包容。

周景没有牵过所谓的父亲的手,他自有记忆起就在医院了,连父亲长什么样都不知道,所以有关于"父亲"的感觉都只能靠想象。但他在萧则这里感受到了前所未有的安心,他本来不是个会太黏糊的人,却总是忍不住想和萧则亲近,就像对着姐姐一样。

萧则一只手推着推车,另一只手稳稳地牵着周景,周璇走在萧则身边,远看他们就像一家子,毫不违和。

情人原本不必做到这样,但周景实在太依赖萧则了,因此使得周璇对萧则这唯一的"越线"行为也睁一只眼闭一只眼。

这是周璇对这段关系唯一有所心虚的地方,所以她狡猾地避而不谈,想等着萧则终于厌烦的那一天,却迟迟没有等到。

她有时候也不明白,萧则为什么会愿意做到这个地步,是出于友善地关怀,还是出于怜悯。

周景的病情看似一直维持得很好,但是他们都知道,其实情况一直没有好转,要不然他也不需要一直待在病房里。现在很多患有先天心脏病的孩子除了不能剧烈运动和情绪大起大落,几乎和正常人没什么两样。

其实很多不同类型的心脏病都能依靠药物或手术稳住,现在医疗条件发达,周璇也有了钱,完全可以请到很厉害的专家,可事实是周景的病情已被专家研究了很多年,他身体情况特殊,从母体带来的伤病就像骨血一样不能轻易剜去。主治医生尝试过几次在他身体情况

不错的时间给他开刀做介入，但每一次效果都不理想。

保守治疗，这个词周璇听过太多次了，已经听麻木了。

而萧则的存在，于周璇而言大概就像是连日的雷雨天突然迎来一阵短暂的放晴一样，让她能稍微松一口气。

萧则余光瞥见身边的周璇沉默不语，似乎在走神。身前有小孩推着购物车在乱晃，在快要撞上周璇的时候，萧则十分自然地松开周景，伸手搂住周璇的肩膀，把她往自己身侧带了带。

周璇回过神来也没瞧见那乱晃的购物车，不解地看向他。

萧则无奈地松开她，用对周景说话的惯常语气对她说："看路。"

周璇哪怕在老家逛超市，也是一身简易的伪装打扮，贝雷帽配短款外套、黑色长裤，被口罩遮住大半张脸，只露出一双眼睛，和他们走在一起也不会引人注意。

闻言她白了萧则一眼，丢下一句"我去买沙拉"就往卖进口蔬菜和水果的区域走了。

萧则旁若无人地把手重新搭在购物车上，这时候周景在旁边笑着对萧则说悄悄话："我——姐——害——羞——了。"

周景笑得像只小狐狸，萧则回想起刚才周璇那眼神，低笑一声，没有反驳。

"想吃什么鱼？"

他的语气听上去和平时没什么两样，一本正经地站在冰鲜区前，但周景能敏锐地察觉到他心情还不错。

因为周景一路上调侃的目光，导致周璇这期间脸色不太好。

等萧则提着袋子进了厨房，周璇轻轻拧着周景的耳朵，把他揪到自己跟前。

周璇冷下脸的时候，谁看了都会忍不住紧张，浑身都透着一股女王气质："我是不是太惯着你了？"

周景努力拯救自己的耳朵，没有挣扎，反而还弯下腰抱住他姐。他感受到周璇的力道慢慢放轻，改为轻揉他的耳垂，才笑着说："姐，你都二十八岁了。"

又是这老生常谈的语气，周璇不耐烦地说："你嫌我老？"

"不是，我姐才不老。"周景的声音很轻，"你不要老担心我，该多想想自己，萧哥很好，我很喜欢他。"

"那你嫁给他。"

周景哑然。

看到弟弟吃瘪的模样，周璇这才绷不住脸，勾了勾嘴角。

她在沙发上坐下，拉着周景的手让他坐在自己身边，给他摘掉帽子，慢慢地摸他的寸头："人不是非得要结婚生孩子才算美满，你明白吗？"

周景点头："我知道。"

他也不是这个意思："我只是想，让你身边有个人陪着。我太弱了，陪不了你。"

他说这话的时候并没有难过，只是在阐述事实。

他一个人在病房的时候最爱上网冲浪，哪怕姐姐的经纪人瞒着他，

象牙塔

姐姐也不主动跟他说，他也大概知道她有多忙。

网络上的那些人有喜爱她的，自然也有讨厌她的，纷争无休止，却好像从没有人真正关心她，在乎过她的感受，她自己好像也不在乎。

他像是一个无法介入其中的人，看着她独自行走在这条艰难的道路上。

有时候哪怕是亲人也无法参与对方的人生。

"如果我的身体能再好一点，我大概能在你身边照顾你，而不是让你反过来照顾我。"周景枕在沙发靠背上，脸压瘪了，声音闷闷的，"我只是想让你能少受点儿累，然后……再快乐点儿。"

姐姐就像一个陀螺，只要他在，只要他身体好不了，她就一天都停不下。

说完这些周景就有些犯困了，出门一趟耗费他好多体力，他眼睛有点睁不开。

周璇的手从他的发顶落在他的眼皮上，安抚着他，看他不自觉地睡去。

萧则简单处理好食材，走出厨房，看见周璇抱着周景在发呆。

她只有待在这套小房子的时候会这样放下戒备，萧则来过几次，也见过几次。

平时的她一直是一副刀枪不入的样子，浑身上下没有一点缝隙，硬得连壳缝在哪儿都不知道。

萧则看了一会儿就收回目光，走到卧室去找了一张毯子。

这里有人定期打扫，所以每一处都一尘不染，收拾得简洁干净，连床单、被子都有晒过的气味，就是为了应付房子主人心血来潮回来住几天。

这里就像是一个休息站，他们姐弟俩不约而同地来这里喘口气，相拥取暖。

萧则出来的时候，周璇抬起头看他。他悄无声息地走上前，把毯子轻轻盖在周景身上，然后俯身，把周璇拉了起来。

周璇皱着眉头靠在他怀里，直到站稳，他才放开。

她像是被拽回神，又变成了那副油盐不进的样子。周景还睡着，她也不用装，瞪了他一眼，用气音问："干吗？"

萧则的衣袖在做晚饭的时候捋了上去，露出一截结实的小臂。闻言，他垂眸凝视着近在咫尺的人，因为怕吵醒周景，所以哪怕松开了周璇也下意识靠得很近。他的目光从她的唇往上看，和她对视。

"把东西收拾一下，我去做鱼。"他放轻了声音，像是把话都含在嘴里，却和她不同，带了点诱哄，让两人之间的空气变得暧昧起来，"还是换一下？我都行。"

他千里迢迢过来给他们姐弟俩买菜、做饭，这也真是有个好意思什么都不做的。

周璇怀疑萧则在内涵自己，白了他一眼，越过他，把他的行李箱推进了主卧。

Chapter 03
/ 心动博弈 /

萧则做饭好吃，晚上这顿酸菜鱼上面撒着香菜、芝麻，不是外头的寻常做法，却香得让周景忍不住吃了一大碗米饭。

他这个年纪的男人好像什么都会。

萧则的父母是 S 市本地人，偶尔节假日会上萧则家里给他送点儿东西，顺便给他做做饭。

老两口对这个三十五岁了也没成家的儿子没什么想法——你单身就单身，独居就独居，谁管你，你自己过得舒服就好。

换个角度想，萧则之所以能长得这么好，性格又豁达，大抵是随了爹妈。

两位老中医看过世间百态，也见过太多生离死别，因此对萧则没有管束太多。他们认为儿女有儿女命，过得好不好都是他自己的选择，特别是现在也不是十七八岁了，能为自己的人生负责。

现在夫妻俩退休了，自己开了个小医馆，定期坐诊，还收了几个徒弟，成日里忙着传承技艺，养花弄草。偶尔想出远门两口子结伴旅行就跟儿子说一声，日子过得别提有多滋润。

晚上周景撑不住，吃过药就早早歇下了。

萧则到房间准备洗澡，看见自己的行李箱被随意地放在门边，衣服裤子随随便便往衣柜里塞得乱七八糟，袜子和内裤本来叠得好好的也全被翻了出来丢在床上……给他收拾东西的人大概不知道要怎么安置这些零碎物件，收拾得七零八落的。

萧则实在没忍住，闷咳了两声，露出笑意。

他上前把内裤重新叠整齐，然后找了个抽屉放好，将袜子拿到外头的鞋柜摞着，最后回房间把衣服按内外区分一件件挂上。

等做完这些事儿，浴室里的水声就停了，萧则慢条斯理地摘了手表放在电视柜上，踩着拖鞋推开浴室门。

门里的人吓了一跳，周璇正准备用干发巾裹住头发，还没来得及穿衣服，手一抬高，尽是好风景。

萧则在她想要说话的时候把人搂进怀里，手按住她的细腰，缓缓咬她被烘热的耳垂。

距离上次亲密又过了许多天，周璇被他的气息烘得背脊有些酥麻，耳垂被啄吮，她难耐地抵住他的肩膀："你还没洗澡。"

这人，对别人的东西一点不讲究，对自己的却十分较真，萧则都要被她气笑了。幸好也不是第一次见识她的坏毛病，萧则按捺住了没说，嘴上却没停。

"不要……"

象牙塔

周璇不想再洗一次澡,有些狼狈地偏过头。

下一秒,一道低沉微哑的声音就响了起来,沾染了浴室的水雾,变得有些潮湿:"不要?"

她又犹豫了。

她转过头瞅他一眼,看见他眼底翻涌的情欲,喉咙也变得干渴了起来。

算了。

就当还他这次过来的人情。

周璇恨恨地伸出手。

随着她的动作,她感觉到自己被抱高,坐在了洗手台上。

周璇怀疑萧则是故意的,幸好她做好了心理建设,说服了自己全是为了还债,因此后面就越发主动,吻着男人绷起的青筋,又带着点报复心理,以牙还牙,在他的耳朵上留了一个浅浅的牙印。

开了排气扇的浴室并没有因为她洗完澡而温度有所下降,反倒越到后面温度越高,因为萧则不知道什么时候又把热水重新打开了。

结束后,萧则把人抱出浴室,又回归到了别人所熟悉的有点禁欲的模样。

他把周璇放在梳妆台前,周璇便懒洋洋地打开那些瓶瓶罐罐开始护肤。

萧则知道她每次护肤都得很长时间,也不等她,把浴室里弄湿的衣服拿出去洗了,顺便把一些遗留痕迹清理干净。

等收拾完回来,他从浴室找来护发精油,走到周璇身后,解下她头顶的干发巾，包住她的发尾缓缓揉搓了一会儿。

她的发丝很细，保养得极好，水被吸干后柔顺蓬松。

萧则熟练地挤了一些精油在手心里搓开，然后拢住一撮发尾进行梳理。

她皮肤薄，又白，细肩带睡裙未被遮住的地方痕迹明显，这会儿都有点青紫了，看着有些吓人。

周璇看着镜中的自己，睨着那些显眼的痕迹，在心里骂了身后人许久。

幸好这几天没工作，东北温度又低，可以用衣服覆盖。他或许也是知道这点，这次没有特意避开，好像在惩罚她。

萧则有时候会很凶，凶得和他的外表完全不符，但细分也会有区别，就看对方能不能发现。

周璇好似在长久的亲密关系中找到了规律，以此去感受他心情上的一些微妙变化。

因此这一晚他们躺在床上，周璇还在久久回味着那种他像是不经意间泄露的愉悦，难得有心情跟他有一搭没一搭地闲聊。

萧则让她靠在怀里。

周璇就像只猫，大部分时间都爱自己待着，不把谁当主人，但很爱被别人伺候，有时候会莫名其妙地贴紧你，像在无声地撒娇，自己还没察觉。

萧则一心二用地一边用手机处理一些工作上的事，一边应和着她的话。

象牙塔

直到她安静了下来，发起了呆，听着他打字的声响，突然问："你知道我和周景的名字是怎么来的吗？"

萧则心里一顿，手上动作却没停，像是随意地"嗯"了一声。

问出这句话的周璇心里其实有一丝微妙的感觉，像是后悔这么问，又像是不习惯和他聊这种话题。

她刚才发着呆，也不知道哪根筋抽了，一些想法不由自主地脱口而出，幸好萧则看起来并没有觉得意外，让她莫名松了口气。

话开了头，周璇只能继续往下说："……璇穹层云上覆，光景如梭逝。"

说完，周璇自己都酸了一下。她以为萧则会笑，或者会意味深长地跟自己说些什么，她干脆把脑袋彻底埋在枕头里："算了，睡觉。"

可头顶安安静静的，没有笑声，反倒听见了手机放在床头柜上的声音。身旁的人微微起身去给手机充电，然后躺回来，勾起她被压住的头发，顺着这个姿势把她抱入怀中。

"那你知道我的名字是怎么来的？"

周璇耳朵动了动，侧头，把脸露了出来。

萧则说话的时候声音潺潺如溪，既有一种让人想要继续听下去的魔力，也带着一股没来由的信服力。

很多人爱听萧则念诗，聂鲁达、洛尔迦的诗他都读过，因为工作需要，他的西语也学得不错。

在某网站上甚至有人专门收录了萧则念诗的音频做成一个专辑，播放量很高，稳居哄睡榜第一。可周璇却很少听他念诗词和解析，因

042

此不禁认真听起来。

"'则'这个字，最开始出现在西周金文中，'则'字从两鼎一刀，化一般为具体，以鼎代器。意思是后来的人认为古时候的人做东西，是用器物做模具，再按此雕刻生产，以显出'准则'二字，才因此使得这个字有了实体；而用作连词，这个字又可以做因果，表承接，或转折。"

周璇挑眉，忍不住插了一句："所以他们希望你成为一个规规矩矩的人？"

"不全是。"萧则这才笑了笑，接着说，"我家几代学医，父母都是古文和诗词爱好者，听说我妈怀我的时候，我爸经常给她念诗，哄她睡觉，也当是胎教。直到有一天他念到一句'匪东方则明，月出之光'，在那么多带'则'的诗词里唯独这句使我母亲深有感触——她认为那种外放的，给人带来快乐的人有很多，但能低调地默默给予人力量的人却很少。取'则'这个字而不是'明'和'光'，是因为她希望我成为一个谦逊的人，不需要光芒太盛带领别人，只求能明白自己，多倾听，善转达，可以的话在黑暗中给一些人带去余光就够了，同时也能时刻提醒我心中得有杆'秤'。"

周璇沉默下去，不知道在想什么。

而萧则则像是闲聊一般继续说道："我是学配音的，会很注意文字的意义。它对很多人来说或许平平无奇，但对我们来说，每一个字都该是活的。"

他缓缓闭上眼睛："就像'璇'字，它本身就有'美玉'的意思。"

象牙塔

而美玉从古至今都代表着珍贵，古时候被千宠万爱的孩子都佩最好的玉，珠圆玉润在家宅里才是爱重的意思。

周璇在这一刻，像是被他说服了。

而萧则一直抱着她，没有再接着说下去，让她自己去想、去琢磨。最后看她闭上了眼，他才无声笑了笑，抬手关掉了台灯。

头两天萧则和周璇带着周景在市里逛，大部分是去公园还有一些当地的景点。已经是国庆尾端了，大部分人这个时候已经准备返程或者正在返程的途中，所以景点的人并不算多。

周景像个好奇心旺盛的孩子，看哪儿都觉得很新鲜。

其实这些地方并无甚特别，只是因为身边是特别的人，所以周景才会格外珍惜这些时光。

第三天在闲逛的时候萧则接了个电话，电话那头是东北某个漫展的主办方，大概是听陈楠提了一句萧则在东北，想要碰碰运气让他来露个脸，当个特别嘉宾什么的，反正不远，就当过来玩玩也行。

萧则下意识就拒绝了，只是聊电话时周景就在旁边恰好听到，好奇地问："漫展？"

萧则点了点头，最后还是婉拒了。

主办方算是熟人，见萧则都这么说了也没有再劝，本来就是试试，要是他来了临时打个广告也算抱个佛脚，增加点人气。

以前萧则没少干这事儿，要是有空了，哪个熟人来请他过去撑撑场子他都不会拒绝，但这次不太方便。

谁知道等他挂了电话后,周景像是很感兴趣,说:"H市就在隔壁,开车两三个小时就能到,反正也没事,可以去玩玩,我还没去过漫展呢。"

周景从小到大都没有离开过这里,因为他身体情况不算稳定,怕有什么意外状况,到时候手忙脚乱,不好处理。但周璇看他好像真的很想去,H市的确离这儿不远,便转过头问萧则:"方便吗?"

萧则:"没什么不方便的,想去就去。"

周璇说干就干,立刻打电话给周景的主治医生。

这医生负责周景快十年了,已经把周景当作自己的半个孩子,闻言也松了口,说周景最近身体情况的确不错,可以出远门,但是别累着,要适当休息。

得到允许,周璇雷厉风行地拉着两人回家收拾东西,在路上就订了酒店,打算在那边住一晚,省得来回奔波,周景身体吃不消。

萧则对她这样临时改变主意说不上太意外。他开车回家,周璇就在旁边转头问他:"那你要去忙吗?那边不是想让你办个签售?"

萧则眼睛专注地看着前方,车开得很稳,闻言回道:"不用,纯粹去逛逛,我们三个一起。"

萧则后来发微信向主办方拿了三张票,还体贴地附赠了几张签售券。负责人原本以为他改变主意了,高兴得想下一秒就发微博通知,结果萧则说是带朋友去玩,其他就不必安排了。那人不死心地打探:"谁啊?咱认识吗?"

萧则开着车载电话,趁着等红灯间隙回复:"你不认识。就想私

象牙塔

下带他们玩一天,其他的事情不太方便。"

萧则是一个很有主意的人,换言之就是不管别人怎么劝,他一般也很少改变主意。

负责人一下就听出来了他不想被打扰,这会儿也不再问了,挂了电话之后没一会儿就发给他三张VIP票的二维码,让他到时候扫码进场。

VIP票不用在场馆绕一个大圈走普通通道排队,可以从大门直接进去坐直达电梯到场馆门口检票,能省下不少时间和精力。

换作以往萧则都是走员工通道的,他对这种场所驾轻就熟,熟练得闭上眼都能默念流程。

本来负责人也问他要不要直接走员工通道进去,但萧则看周景一副看什么都很新鲜的模样,想了想还是决定带着周景从正门进。

幸好如今走到哪儿都要戴口罩,倒也不用担心那么容易被认出来,但为了保险起见他还准备了一顶鸭舌帽,打算尽量降低存在感。

周璇更不用说了,在这方面经验丰富,口罩、围巾、墨镜加贝雷帽,虽然有点奇怪,但漫展里穿成什么样的都有,倒也不担心会太引人注意。

周景也很轻松,他就是一个再普通不过的少年,再者周璇一直以来都把周景保护得很好,很多粉丝只知道她有个弟弟,但具体长什么样就不清楚了。

周璇的粉丝都熟知她脾气,不会过分去探究她的家庭背景以及私生活。

或许是因为周璇在进这行的时候早早就预料到了以后，她想让周景不因为自己被打扰的想法一直很坚定，所以在她终于凭借出演张导的电影《他乡》而一炮而红的时候，在一次采访中她十分坦然地对粉丝表达了自己的想法——我只是一名演员，不需要任何应援，也请大家不打扰我所有银幕后的私人生活。

当时选秀节目盛行，粉丝之间流行打榜那一套，周璇是第一个出来反对任何形式的集资应援，以及拒收所有以任何名义送礼的明星，并直言除了信件其他一概不收。

她不需要被粉丝过度关注，每个人都应该有自己的生活，而不是把所有的专注力都放在拥护一个人上。

周璇希望她与粉丝都是自由的。

一开始要做到这点很难，但周璇态度坚决，行动上也雷厉风行，对于"私生饭"一律严肃处理，对于粉丝的礼物也真的做到了一件不收，没有任何例外。

有粉丝包下应援车偷偷来到片场，请整个剧组吃盒饭，但事后都会被周璇的助理找到方法把钱转回去，包括每次电影上映，她都会在各个城市包场请粉丝看。

以上一系列操作，加上后援会的劝诫和组织，一来二去，大家就慢慢习惯了周璇这一套。骂她的人也有很多，说她做作，说她看不起粉丝的善意，也有人说她立人设，但周璇都不在乎。

她独来独往像是她出演的第一部电影的女主角——她的心只安放在自己的花园，自身之外，皆是他乡。

电影这个圈子是独立且门槛极高的，是真的适合还是浮于表面立人设装装样子，许多导演内心都有数。

从一个镜头、一个眼神就能看出来，毕竟电影和电视剧本质上隔着鸿沟，两种表演方式有很大的不同。

周璇在出演《他乡》之后以浑然天成的演技以及扎实的台词功底迅速打进了电影圈。人们在诧异这个横空出世的少女的时候，周璇已经再次把自己完全沉进了组里，对外界关注一概不知。

她以质和量去磨炼自己的演技，那股劲儿后来全都化成了刀，刺进了所有观众的心里。

她二十五岁时，凭借出演编剧大师沈周打磨的原创剧本《雏鸟》的女主角毫无悬念地斩获那一年的金影奖，并且一鼓作气拿下金钟电影最佳女主角、导演协会年度最佳女演员等一系列有分量的奖项。

那是和《他乡》截然不同的她。

她扮演的名妓罗素月是个虽然双目失明却又美艳近妖的女人。她在大银幕前抛弃所有的眼神戏，仅靠肢体、动作、声音去诠释这个艳压京华的女人的一生。后来她从一座破旧的塔楼坠下，如同一只自由的雏鸟，留下了能在电影史上记作经典的一幕。

接下来周璇放宽戏路，开始挑剧本接了一部电视剧。

众人一开始都不太看好，连一些制片都在张望，考究她的价值，毕竟不仅圈外人，就是连圈内人都认为电影与电视有"壁"。

可最后周璇出演的第一部古装电视剧的收视率遥遥领先，他们这才惊觉周璇的成功都只因她可以，而不是外头传的是电影单方面成就了她。以她刚出道的时候拍的小成本网剧做对比，周璇就像是一颗被打磨发光的宝石，终于绽放出让人无法忽视的光芒。

周璇的脾气在很多人看来是出了名的怪。

在这行已经有了不错地位的人很多都得服务镜头、服务粉丝，毕竟演员并不是靠天吃饭的行业。

但在周璇看来，演员的确是靠"天"吃饭。

天赋是其一，然后剧本、导演、监制、合作演员等排第二，在这个快餐片数不胜数的碎片化年代，其实许多观众比演员更渴望能看到一部好作品的问世。

周璇对观众无所求，因为她始终觉得人们在观赏影片的时候无所谓"粉丝"之分，她不需要对粉丝负责，也不需要讨好资本，作品才应该是一个演员毕生追求的东西，演活了是她自己的招牌，演坏了砸的也是自己的口碑。

这使得她和萧则的交往轻松了许多，除了经纪人和助理，基本没人知道他俩的事，也很少人敢打听她的私生活。

周璇和娱乐圈主流那些小年轻玩不来，而电影圈那些老油条花花肠子比谁都多，对这些都见怪不怪，大家都只大概知道她有一个长期且固定的"朋友"，就是从来不会带出来见见。

周璇排队的时候打量着身前人的背影，萧则很高，一米八五的个头却不过于健硕，但他的肩腰比很完美，腰窄背直阔，看着十分有安全感。

象牙塔一

　　身边的小姑娘们都叽叽喳喳地在看手机，没多少人能留意到他，明明他是那种光是站在那儿就能让人忍不住注目的人，或许这也可以说明他把自己的存在感一直压得很低，像是习惯了这么做。

　　周璇又忍不住想起那天晚上萧则跟自己说的话，毫不夸张地说，他的确达到了他母亲赋予他名字的含义那般。有时候她都觉得怎么会有人能长成这样，她选中他，好像是必然的。

　　大概是被盯得太久了，萧则从和周景的聊天中察觉到了不同寻常的视线，他转过头来，透过墨镜看周璇的眼睛。

　　明明应该什么都看不到，但周璇还是忍不住偏过了目光，但头没动，看着还是和他在对视。

　　"无聊？"

　　他十分自然地背过一只手，牵住了她。

　　又来了。

　　鸡皮疙瘩随着他的声音不自觉地冒出来，她无视掉那些反应，回了他一句"没"。

　　好一会儿他们才检票入场，门口的工作人员看到他们还有点奇怪地打量了一下，可没多久人已经走远了。

　　周景对这个场馆感到十分惊奇，身边来来去去的都是看着和他年纪差不多的少男少女，穿着JK制服、洛丽塔小裙子以及汉服的人数不胜数。不远处有好几个规模很大的官方展厅，围观人数比其他展厅要多很多。萧则说那都是一些主创人员来这边做活动的，通常都是回答一些问题，然后会在台下进行签售。

周景:"都是萧哥认识的人吗?"

萧则点头:"都在配音圈,大家就算不熟,也基本都认识。"

"能去看看吗?"

当然没什么问题。

萧则带着一动一静的姐弟俩走到人群的外围,幸好他们都高,加上前面基本都是些小姑娘,所以勉强能看到前面。

萧则一眼就认出来了台上的人是谁,还真的是熟人,他笑了笑,说:"这些是一部国漫里的配音演员,你应该也看过。"

随后萧则说了一部作品的名字。

周景果然眼睛一亮,很兴奋的样子。

因为萧则从事配音工作,出于爱屋及乌的心态,周景平日里会看一些二次元的作品,很多都是萧则闲暇的时候在微信推荐给他的。

这部动画电影当时红得出圈,还曾被输出到国外,票房很不错。周景当时一个人在病房里看完,边看边哭,故事清新治愈,结局十分感人。

主持人控场能力了得,提的问题都十分有趣,后来还做起了一些小游戏和台下观众互动。

从事这行的不管是配音演员还是主持人本身都是很有梗的,毕竟是老二次元了,在台上一个接梗一个抛梗,逗得台下观众笑声不断。

周璇也看笑了,她虽然没怎么接触过二次元,但幽默是全人类共通的语言,她在欢声笑语中侧过头去。萧则察觉到也十分自然地低下

头来，听到她问："你做活动的时候，也这样？"

台上的声优太欢腾了，周璇有点想象不出来萧则这种性格在公众场合要怎么暖场。

萧则弯起眼睛，帽檐下的阴影也挡不住他眼底的笑意："不这样，每个配音演员风格不同，有机会你可以带小景来看。"

这话说得像在调侃，这人明知道她很少有机会做这些事，她从来没看过萧则在棚外是如何工作的，也想象不到。

连小景都经常在网上搜相关视频看他萧哥，倒是她，一直也没去关注这方面。

周景看得入迷，被这样的氛围包裹着是他从未想象过的事。等活动环节结束，他才有点意犹未尽地转过头找身后两个大人。没承想下一秒就看到萧则从不远处走来，周景不知道他是什么时候离开的，回来的时候他手里还拿着一本动画电影的原画画册。

萧则把画册交给周景的时候后者难得有些不知所措。厚厚的一本刊物做工精美，封面覆了镭射膜，在光下透出五彩斑斓的颜色。封口及腰封都是搭配封面设计的，十分精致，捧在手里就像是一份盛着厚重心意的礼物。周景看向萧则，一时之间说不出话来。

"你可以拿着这个去要签名，还可以让对方写上一些祝福的话。"萧则翻开封面，露出里面的扉页，指了指空白的地方，"写上'To小景'，这本画册就是你的礼物，里面包含着这部作品的精华，还有他人给予你的祝福。"

这或许就是名为"喜爱"的浪漫。

因为萧则，周景拿到了第一本带着自己名字的画册。

他拿着签售券，和其他人一样排队，安静地走到签售台，期间他还频繁去张望队伍外的姐姐和萧哥，见到他俩一直在注视着自己，才感觉自在许多。

桌子是联排的，三个配音老师每人两张桌子，签完一个可以找下一个接着签。

三位配音演员业务娴熟，一边回答粉丝的话，一边手划拉得飞快签下自己的名字。旁边的助理们维持着秩序，让排队的人都把画册摊开以节省时间，要是需要特签的就准备好写有自己名字的手机页面方便老师们认字。

周景抱着画册来到第一张桌子，刚才一直在看活动因此他已经认出来了三位配音老师各自配的是什么角色，这会儿他有点紧张，但面对对方的笑容，还是递出了提前翻开的画册，说："老师您好，我叫小景……景色的景。"

似乎是觉得自己语气有点僵硬，周景十分真诚地补充了一句："我真的很喜欢这部作品。"

"小景你好，"第一位签名的是为主角配音的徐青文，他很快签下自己的名字，然后礼貌地询问，"需要写点儿什么吗？"

不远处的萧则和周璇一直看着周景，看他在第一张桌子前要了签名，去第二张桌子与配音老师握了手，又去第三张桌子与配音老师握了手……然后兴高采烈地回来。

周璇注意到周景刚才的动作，有点奇怪："为什么后面两个不去要签名？"

他到后面两个配音演员跟前的时候一直抱着画册，只有在第一位配音老师那里有让对方写什么。

周景抱着画册，闻言一本正经地说："不能太贪心，祝福这种东西，一个就够了。"他低声说，"而且我就一个愿望。"

他嘟嘟囔囔的，周璇也没听清："什么？"

"没什么。我们再逛逛？"

"可以。"

有萧则在，周家两姐弟就像带了个导游。

出发前萧则只扫了一眼分区地图，就已经做到了心里有数，带周景去的都是他以前推荐过，周景又熟悉的IP专区。

到后来周景看到萧则手里都要拿不下了，有点不好意思："萧哥，我拎点儿吧？"

萧则手里拿着一堆官方和同人画册，场馆的另一边有热门作品的展厅，萧则也在其中拿了几本不错的小说和漫画，让周景带回医院解闷。闻言萧则侧头问："我还行，你累了吗？"

虽然就逛了一个小时，但对于周景来说已经到极限了。周璇方才就去了展馆内的主题咖啡厅等他们，女大明星还是不大习惯这些全都是年轻人的场合。

周景点头："那我们去找我姐吧。"

他没拿什么东西，但这会儿也有点疲惫了，精神太高昂，注意力集中久了，眼睛都有点疼。

他们来到咖啡厅一眼就找到了周璇，她在一个小角落低调地玩手机，和旁边还在为买到心仪作品而兴奋不已的小女生们形成鲜明对比。

萧则和周景对看一眼，不约而同都笑了。周景好像觉得这一幕特别好玩，还拿起手机给她拍了一张。

大概是明星对镜头都敏感，就在相机快门被按下的下一秒，周璇抬起头，隔着墨镜，遥遥看向这边。

因为要喝咖啡她的口罩已经摘了，露出下半张脸，唇瓣上的豆沙色口红衬得她肤色雪白，就是唇线紧抿，和旁边的热闹尤其格格不入。

于是周景的手机相册里多了一张十分诙谐的照片。

萧则走过去把东西放下，刚点了一杯咖啡，手机就在兜里振动了起来。

看到来电人的那一刻萧则的眉宇间升上了然的无奈，接通电话，那头的徐青文应该是刚刚结束签售，语气里带着揶揄："老萧，什么风把你吹来了？"

萧则："你看到我了？"

旁边的姐弟俩听到这话都看了过来。

"废话，你那么高，跟柱子似的杵在那儿，想看不到都难。"徐青文有点得意，"咱俩都多少年交情了，你要是戴了个口罩和帽子，我就认不出你了，咱也别当兄弟了。怎么，你拖家带口来的？我可看见了啊，找我签名的小孩儿和你一起走的，你旁边还有个姑娘。"

徐青文是东北人，工作室在 B 城，离东北很近，就是出个短差。

他说话直爽，萧则也习惯了。

萧则没有应他的话，只说："我们准备走了。"

"别啊！一起吃个饭！我和林子他们也是明天的高铁，跟咱们吃完饭你再走，可以带家属。"

"不用，咱俩也不是没见过。"萧则好整以暇，没有松口，"等我去B城做活动的时候再吃。"

周璇从萧则的电话里大概听出来是什么意思，她看了周景一眼，对萧则说："朋友约你，你就去。"

萧则不露痕迹地顿了顿，把手机拿远了点儿，看向她。

他没说话，但眼神落在她身上，似乎在端详。

但最后他还是没答应，等挂了电话，周璇仿佛刚才没说过话一样，搅拌着已经凉了的咖啡，没看他。

萧则也没有解释，对周景说："想吃什么？这附近有家火锅店不错，离酒店也近。"

周景敏锐地察觉到两个大人之间的气氛有点不大对，缩着肩膀，只敢点点头，大气都不敢喘。

好像自打那通电话起萧则和周璇之间就有什么隔着一样，虽然出了场馆后两人都是那样的交流模式，但这顿饭还是让周景吃得如鲠在喉，后来只勉强吃到七分饱，回到酒店后他就钻进房间不出来了。

他们订的是套房，一个小厅，两间卧室。

周景进房间后空气中有种微妙的安静，周璇把包放下，又把几乎戴了一天的墨镜和口罩都摘下来放在茶几上，随后看也不看萧则，转身进了浴室洗澡。

周璇其实心里很明白,以他们的关系,不方便见对方认识的人,更别说是亲近的朋友,一直以来他们都是这么做的。

只不过下午那会儿她看周景是真的很喜欢那几个配音演员,加上气氛使然,没怎么深思熟虑就说出了口,想着吃个饭而已,也不是不可以。

可事后细想,吃完饭然后呢?萧则要怎么跟朋友解释,他和影后还有影后的弟弟一起逛漫展?光这样想周璇就头皮发麻。

她为什么会脱口而出,是他一直以来的妥帖让她不自觉习惯了吗?

这个认知让周璇莫名烦躁起来。

客厅里,萧则慢条斯理地把东西归置好,才脱掉外套,换上酒店的拖鞋。他进了房间,关上门。

浴室里的水声一直没断,萧则站了一会儿才走开,打开床头的加湿器,把暖气调到合适的温度,做完这些他在椅子上坐了会儿。

等水声停了,周璇穿着睡袍走出来。她差不多已经整理好了情绪,看到萧则坐在那儿似乎在出神,愣了愣,尽量做到若无其事地走过去拍了拍他:"去洗澡。"

萧则抬头看她。此刻她正站在他的腿间,如此亲密的距离。

她俯视着他,像是在观察他的反应,而他也同样在观察她,并且读出了她眼底的故作坦然。

他们看似一高一低,实则如当年那般,他一直走在她前面,永远

能看透她。

但他什么都没有说。

萧则忽然牵住了周璇的手,让她坐在自己的大腿上。周璇有点意外,却又抵不住身体的反应,十分自然地搂住他的脖子。

气息交融间,她垂眸想捕捉萧则的视线,可他的目光却往下挪,不与她对视,他的虎口贴着她的下巴,拇指一下一下蹭她的下唇。

她快因他的眼神和动作烧起来了,但她没有动,就像在浴室里提醒过自己一万遍不要被带跑,不要居于下风。

她还是那么好胜,欲望的战场她得有话语权,就像一直以来那样。

终于还是萧则凑近来,含住她被自己磨红的唇瓣。

这像是一个让步的信号,让周璇心里的某样东西缓缓落地,随即她才张开了嘴,像是蛇一般纠缠,密不可分。

他们在这个吻里化掉了那通电话带来的不适,仿佛那只是一个无关紧要的插曲。

但萧则没有做到最后,他吻到后面有点过于用力了,但周璇却好好受着,没有说什么。

最后他离开了她,唇齿分开的时候有明显的濡湿感,他们不知道何时从椅子上站了起来,她坐在了桌面上,他双手撑着台面几乎把她包裹在怀里。

英俊的男人唇瓣湿润,在灯下泛着光泽,眼神却已经恢复了冷静,让他看起来具有难言的攻击性。

"我去洗澡。"

他嗓子微哑，说完，在她额头印下一吻，然后转身拿起衣服进了浴室。

情欲戛然而止。

萧则就是这样，是他先低的头，可他却总能主动抽离。如果因为他性格温和就小瞧了他，那就大错特错。

萧则就是一直行走在正确轨道上的那种人，唯一的偏离大概就是那一夜与周璇开始了这段关系。可他很快就调整了过来，好似并没有受太大影响。

他的自律和意志力足够强大，哪怕在欲望中她也很少会见他有所迷失。

他们的每一次都像在博弈，可他们好似永远无法相互驯服。

她已经想象不出来这段关系走到最后，他们会得到什么，或者失去什么。

周璇坐在桌面上点了一根烟，试图冲散刚才的情绪。

Chapter 04
/ 尘封往事 /

回到 S 市之后，萧则和周璇一直没有再联系。

萧则和周景告别的时候承诺春节会来看他，少年乖巧地点头。

这次出门好像已经是他今年最值得高兴的一件事，他知足，不苛求太多，偶尔的探望和陪伴就足够了。他就像是一棵小树苗，被栽在这里。

周璇想到那会儿弟弟的表情，心里有点不好受。但这种钝痛她已经习惯，像是细刀磨肉，久了就能表现出若无其事。

不知不觉就到了十二月，由资方发起的，以网络热度作为评价标准的颁奖典礼数不胜数。

周璇杀青之后一直都在为各家杂志拍摄以及播出时的物料做准备，按剧方的要求，她就算不喜欢也需要出席这些曝光率高的场合，而且以她的咖位，摄像机几乎全程对准着他们这一桌。

台上在颁奖，台下周璇百无聊赖地看手机，时不时被镜头扫到或被人提醒就抬头。

微信页面里萧则的对话框沉到了很下面，虽说平时他们也很少联系，但或许是有了和国庆那几天的对比，这种不联系就显得稍微有点冷清。

是那个夜晚让一切都变得微妙起来。

他俩都心知肚明。

坐周璇旁边的是她搭档过很多次的一位女视后——高雅雯。

高雅雯今天和她的搭配是一红一黑，活像两朵复古玫瑰花。

两家工作室事先通过气，要借此来炒炒话题。外头很多人都说她们是表面姐妹背地里抢资源、争番位，实则她们关系还不错。

高雅雯看周璇一脸心不在焉，把脸凑过来八卦："干吗呢？想男朋友吗？"

如果现在不是在镜头前，周璇可能会拿起烟抽一口，可惜她不得不忍耐一个晚上。

她把手机反盖到桌面上，面无表情地看着台上在唱跳的年轻选秀组合。那上面的每一张脸在她看来几乎都一个样，让她更烦躁："是啊。"

她也不在乎镜头在拍，粉丝在后面尖叫，脸上没有多少笑容，反正她也没炒过什么人设，倒不如说她脾气不好是众所周知。

但周璇不知道的是，通过直播镜头，穿着纯黑色束腰礼服，化着浓浓港式烟熏妆和大红唇的她微微启唇的模样有多冷酷性感。

直播弹幕刷得飞快，仅这短短的十几秒镜头周璇已经空降了两个

象牙塔

热搜——

  璇姐还是美，旁边高雅雯和她一比都弱下去了。
  勿点名，雯雯独自美丽，谢谢。
  说实话那么多张脸里还是浓颜让人印象深刻，所以说内娱为什么浓颜那么少啊，周璇几乎没有竞争者。
  有竞争者也没用，浓颜双金女王就这一位。

  那头直播网友吵架的吵架，讨论的讨论，倒不影响现场明星们各干各的事。
  高雅雯早就听说周璇有一个固定情人，好像还不是圈内人，一直都挺想见见的，这样一听更好奇了："不像你啊，怎么，吵架了？"
  高雅雯谈过的男朋友没有一百也有八十了，说她是个十足的恋爱脑都不为过。
  她偏爱比自己小好几岁的男孩儿，还和他们上过不少恋爱综艺。和周璇不一样，高雅雯谈恋爱谈得大大方方，尽人皆知。
  她喜欢小男生们直白地表现出喜欢自己的感觉，以及看到他们努力讨自己欢心的样子，大多事后也是好聚好散。
  她家世不错，在B城有背景，圈内没几个人敢惹她。和她谈恋爱基本就是要哄她高兴，哪怕是这样也有许多小孩对她趋之若鹜。
  像高雅雯这种看待事情和做什么事都过分直来直往的人，和周璇貌似就是两个极端。

她们的出身一个天一个地，导致她们的思考模式和做事方法都不同。就像高雅雯不明白以周璇现在的地位为什么还会因为男人而烦恼，她从来都是合则处不合就分，谈恋爱嘛，身体和心舒服了比什么都重要。

周璇当然也明白。

在这个圈子，大部分人都是凭地位处对象，要么就是互相找刺激，要么就是对对方有所求——地位高的人想要获得慰藉、快感，或者一个休憩之处；渴求往上爬的人想要资源、人脉、金钱……双方心知肚明，各取所需。

但萧则不一样。

他们之间似乎无法用地位高低去形容，他见过她最落魄的样子，却没有踩在高于她的台阶上，因此到了现在，哪怕他的收入和影响力都远不如她，她在他面前都无法拥有一丝优越感。

萧则是个君子，更是一个聪明的君子。他用自己作为一把标尺，把两人的关系放在对等位，仔细想想，他对所有人都是这样，无所谓男人女人，无所谓地位高低，他把所有人都当"人"看待，这说起来简单，能真正做到的只有凤毛麟角。

这时候台上的男团表演完下来，经过他们这一桌，停下来和一群前辈嬉笑几句。

这桌的个个都是人精，当然知道他们是来蹭镜头的，但都没揭穿，一个两个和攀在他们椅背上的男孩们相谈甚欢。

有一个男孩倚靠在周璇和高雅雯中间，两只手各撑一边椅背，他

弯下腰来能看到漂亮的锁骨和沾着汗水的脖子。

高雅雯似乎瞬间就忘了刚才还在和周璇讨论关于男人的话题，朝着那个男团 C 位笑得像朵花。

那个男孩周璇记得是走狗狗人设的，眼睛很大很漂亮，眼线也特意画得没有攻击性，看着单纯无害的样子。

对方见周璇兴致缺缺，很自然地蹲了下来，脸朝着高雅雯那边偏了偏，和她说着悄悄话。

周璇垂眸懒懒地端详着他。

这个圈子，只要她想，她能拥有无数个又乖又听话的小男友。

但周璇看着那男孩演出服上面的闪片，只觉得毫无胃口，偏过头去的下一秒，脑海中浮现的是另一个人的样子。

他绷起的经络，眼角的细纹，还有那双哪怕陷进情欲里也依然带着三分清醒的眸。

周璇觉得有点口干，喝了一口饮料。

"接下来有请我们的特邀颁奖嘉宾——东华影视的执行总裁，周景万先生！"

随着周围的灯光再次暗下，主持人的声音响起，身侧的男孩被经纪人带回自己桌子那边去。

周璇的耳朵一动，思绪似乎被某个字眼一下子从记忆里拉出，模糊的视线变得逐渐清晰起来。

她安静地抬眸往上看，周景万穿着三件套西装，打着标准的温莎结，被司仪带到颁奖台。

周景万已经很久没有出现在镜头前了,好像比以前要苍老不少,身体也有些过分清瘦,但看模样能窥见年轻时的英俊。

周围的人都有些意外,但纷纷鼓起了掌。毕竟这位在影视圈的地位德高望重,年轻时监制过许多大片,只是后来听说收山了,一直在专心经营公司,也培养出了很多知名艺人,已经许久不曾出席这类场合。

周璇刚出道那会儿就是签约在东华影视。

高雅雯看着台上的人,大概也是想起这个,回头去看周璇:"你有听到什么风声吗?你应该认识周总吧?"

她原以为周璇会知道什么,却没想到周璇看着台上的眼神出乎意料地冷淡,看得她也愣了愣。

"不熟。"

周璇捂着领口起身,裙摆拂过地面像是一朵盛开的玫瑰。她对高雅雯说:"我去趟洗手间。"

高雅雯眨眨眼,看着周璇走远。

周景万这次久违地出席星光大赏,果然不只是来颁奖的,他还带来了东华影视来年的重点项目——由国际名导张恩操刀的科幻题材电影《诺亚方舟》。

该影片早在年中就已立项,编剧、制片都是大人物,拍摄场地都差不多组建好了,投资规模巨大,如今正式进入选角阶段。

现场的音箱音量很大,一直到内场洗手间走廊都能听得清清楚楚。周璇一边在镜子前补妆,一边听着周景万的声音,表情没有丝毫变化。

片刻后她把粉饼盖上，想要抽口烟，却记起来连烟都被经纪人没收了，就是怕她没忍住被拍到，影响不好。

她走出洗手间，恰好和刚才搭讪的小C位迎面碰上。他还穿着表演服，整个人又白又干净，看到她笑眯眯地打招呼："璇姐。"

周璇点点头，绕过他打算离开。

按理说，这个时候懂事的会等会儿再走，进出场馆的入口附近有站姐也有粉丝，当然还有摄像机，到时候两人一起出来肯定多多少少会因为同框而引起点讨论度。

但那个小C位却跟了上来，如同方才在镜头前一般自来熟，看起来人畜无害的大眼睛朝她眨了两下，忽然开口："前辈的香水很特别。"

走廊四下无人，他那状似天真无邪的一句话却让氛围一下拉到暧昧的临界值。

周璇停下了脚步，此刻他们离通道口大概只有一百米。

"我们希望能为《诺亚方舟》找到最合适的演员，打造出一部冲破常规的，中国式的科幻电影。欢迎来加入我们。"

外面掌声雷动，身侧的少年试探着靠近。

周璇在这时转过了身。

少年比周璇高了一个头不止，然而气势却在周璇的眼神下完全被压了下去。事实上周璇并没有任何表情，她仅仅是漠然而不屑地把目光落在他身上，她刚补过的口红是亚光细绒质地的纯正朱红色，衬得她一身黑裙越发华贵而庄重，看起来是那样高不可攀。

"你的经纪人没有教你规矩吗？"

她不屑碰他，也不喜他身上甜腻的香水味，但她没有动，仅用一句话就让对方难堪地重新直起上半身。

"毛都没长齐，滚。"

周璇转身离开。

她独自踏进内场，恰好与下台离开的周景万一群人擦肩而过，可她再没有给那个人半分目光。

星光大赏结束之后，周景万的助理来到了周璇的化妆间。

当时经纪人刘姐就在周璇身旁，见到来人的瞬间便站起来打招呼，余光扫着周璇，生怕她发难。

可周璇没有，她透过镜子看了来人两眼，出乎所有人意料地站起来，示意对方带路。

坐电梯的过程中，周璇都没有说话，手里夹着烟，一直没抽，等到了楼层才用 ZIPPO 点上——打火机银质的外壳搭配上她纯黑色的指甲油，对比强烈，让人移不开眼。

"周小姐请。"到了包间门口，助理恭敬地打开门，后退半步。

周璇目不斜视地走进去，高跟鞋踩上厚重的地毯，一点声儿都没有。

周景万站在落地窗前，这里是他到 S 市一定会住的房间，高度俯瞰这座城市不在话下。周璇进来后，周景万给她递了烟灰缸，周璇看也不看，盯着他，没有把烟掐掉的意思：“有话就说。”

周景万也不强求，轻咳了两声，面容似乎比起刚才在台上还要憔悴。他坐在沙发的另一头，看着周璇的眼睛，说：“我快死了。肺癌，

晚期。"

周璇不为所动："是吗？那恭喜，终于可以解脱了。"

周景万年纪大了，眼褶很深，他的眼神很静，静得不像一个说着自己快死的人："《诺亚方舟》会是我最后一部电影，我希望你能来参加试演。"

周璇好久不说话，直到把烟抽完。

"什么意思？"她忽然勾了勾唇，"因为你快死了，也无所谓家里那位怎么想了，找私生女拍电影，你这是老年叛逆期？"

她眼神一下就变得犀利起来："你也配？"

周璇的五官最像母亲，这样直视过来，仿佛就是当年的辛裴钰。

周景万忽然重重咳嗽起来，那动静大得吓人，并且停都停不下来。

他的教养让他憋红了脸，捂住嘴唇，最后还是咳得浑身发抖，但周璇动也不动，冷眼看着他自己平息。

"你怎么想都行。这部电影成本很高，是因为你合适，我才会找你，和你是谁没关系。"

做制片的眼里只有作品，他周景万这一生做出来的电影不计其数，最后一部，他希望能无憾收场。

周璇明白了他的意思。

"你有什么条件，都可以提。"周景万仍用拳头抵着嘴唇，平复气息，"我知道你在为周景接触任达的医疗团队，他们只为特殊群体服务，我可以为你推荐。"

"闭嘴。"

周景万无视周璇眼里的情绪，继续说："我有人脉，可以做到。"

周景万是周景的亲生父亲，可他用周景做交易的语气却又那么冷静。

"闭嘴！"周璇忽然掀翻了茶几上的东西——烟灰缸、酒瓶、酒杯，"哐当"一声响，东西碎了一地，犹如他们的关系，这辈子都无法再拼凑起一个正常的形状。

周璇站起来，俯视他，眼前有一瞬的头晕目眩："你没有资格提他。"

作为一个男人，他背叛婚姻；作为一个父亲，他背叛家庭。他受各方利益束缚舍弃了一时性起的自由，连带把那个骄傲的女人与两个孩子一并舍弃。

周璇、周景——璇穹层云上覆，光景如梭逝。

到头来那个女人还是不甘心，以一身病体强行产下一个男婴，还要用那个背叛了一切的男人的名字给那个最无辜可怜的孩子取了"周景"二字，如今男孩已经长大了，这么多年，甚至没有见过父亲一面。

周璇进入娱乐圈，是那边大夫人给的"补偿"，也是与他们一家彻底断绝的"条件"。

十九岁的她被关在会所的包间里，与那位同样被伤害的女人"谈判"，然而地位不对等，与其说是谈判，倒不如说是被警告和安排。

当时周璇坐在皮质沙发上，对面冷静傲气的人让她听到了世上所有对于女人来说最难听的羞辱之词。

她没有选择的余地，母亲和弟弟都在医院，巨额的治疗费压得她

象牙塔

喘不过气，有那么一瞬她曾希望，若是周景万能出现就好了，哪怕只有这一次。

可自始至终，她连他的面都见不到。

那个女人让她当周景万已经死了，后来出了那扇门，她做到了。

她跌跌撞撞进入娱乐圈，表面上是一份活计，实则是监视。

最开始的两年因为不懂规矩被欺负、被踩贱，在这个圈子没有绝对的秘密，周景万弄出这么大一件事没有被发散全因女主人雷厉风行把影响降至最低。但总有照顾不到的地方，那些知道些许详情的人看待她就像看一件被退货的商品。

坐在保姆车上，周璇一语不发。刘姐在副驾驶座频频往后看，担忧道："小璇，没事吧？"

刘姐是她自己挑选的人，知道她家里的事儿。

周璇看到车快上高速，不知怎的脑子一抽，让司机拐道。

刘姐认出这是去哪儿的路，沉默片刻后默许："这几天都没有行程，你好好休息。"

此时萧则和同事们刚看完直播，正在公司聚餐。

一群靠嗓子吃饭的配音演员难得地点了一桌炸鸡、啤酒、饮料，快年底了，活儿都接近尾声，老板请客，底下的人都不客气。

正吵闹着呢，刚在直播里看到的人就给他发来了微信，零星一句："在家？"

萧则回了一句"在"，然后将手机揣兜里，站了起来，拍拍身边人的肩膀:"先回去了,你们收拾干净,明天可以晚点儿来。"

众人欢呼,大喊"父皇万岁"。萧则回办公室拿上大衣和车钥匙,不紧不慢地往家里赶。

到车库,时间卡得刚刚好。

萧则按了一楼大堂的电梯,门一开,周璇穿着长款大衣,里头还是直播中那套礼服,身后送她的车刚走。

她似乎在发呆,听到"叮"一声,抬起头,和萧则目光相撞。

萧则打量着她,最后目光停在她的脸上。她已经卸了妆,面容清冷,眼神……有点像那晚。

周璇走进来,顺势按了萧则所住的楼层。她转身的时候,萧则本想说什么,可她已经贴了上来。

他尝到了她嘴里薄荷烟的味道,还有一丝懒散的疲惫。

仿佛时光倒流,那一夜,她处理完母亲的后事,在医院楼梯间,也是这么吻他。

电梯一路直达,两人跌跌撞撞到门口,萧则按下指纹开锁,手稳,却被她摸得呼吸微乱。一进门,他把她横抱起来,走到沙发边放下。

仿佛和七年前没什么两样——一样的主动和接受,一样的激烈与发泄,不一样的是萧则抱着的不再是二十一岁的周璇。当时的她带着青涩,眼里藏不住怆然,也藏不住不甘与解脱,而如今她已经熟练掌控方法,她承认自己被调教了。萧则一声不吭地就让她习惯了在这种时候该找谁,只有他能让她什么都没法去想。

象牙塔

那一声声狎昵的称呼,只有在这种时候能说出的话,从他嘴里说出来的每一句都像在撕扯着她的神经。周璇一边听着一边战栗,直到她彻底忘了那些恶心的人、恶心的事儿,累得喘气都不能,他们才偃旗息鼓。

她昏昏沉沉的,不等他出去就睡着了。

萧则抱着她,借着床头的小灯打量着她脸上的泪痕,看她像是飞累了回到巢穴的鸟,毫无防备地入睡。男人热潮未褪的眸深邃又炽热,却比方才多了温存。

周璇不解释为什么来,萧则也不需要她解释,因为他比谁都懂有些东西时间捂不住。就像伤疤不会因为时间久了就消失不见,当年在他怀里恸哭的女孩也不会一直沉浸在过去。

她已经慢慢学会了依赖,不管她愿不愿意承认,今夜会来找他就是最好的证明。这一次和那一次看似相似,实则不同,他能感觉出来。

他也还在等,他相信自己会等到。

若是自始至终都没有等来,那大概还是缘分不够。

萧则从不强求,他要的是一份心甘情愿。

那一整张床都没法看,第二天周璇是在客卧醒的。

醒来的时候窗帘开着,冬日强光照进来差点迷了她的眼睛,让她有那么一瞬的不适应。她眯着眼转过身背着日光,让自己侧躺在床上,懒劲上来了不想动。

屋里有线香的味道,闻得人更加昏昏欲睡。周璇一直躺到中午,直到门口传来开门声，是萧则回来了。

他放下手里的东西，进了客卧，见人迷瞪着不愿意醒，走过去把人捞起来，带到浴室去。

他身上一身寒气，闻着清冽舒服，但周璇还是嫌弃。

"冷。"

她推着他，转头去看镜子，发现自己虽然头发乱糟糟的，但脸色红润，一看就知道昨晚干了什么好事。

萧则给她挤牙膏，递给她之后又去用热水清洗毛巾，仿佛再自然不过。

周璇一边刷牙，一边瞄萧则，等漱完口已经稍微打起了精神。萧则用热毛巾给她擦脸，轻柔地按着，柔软的毛巾把他的手都熏热了，更别说脸被烘得暖洋洋的。周璇舒服得眯起眼睛。

出去客厅准备吃饭，周璇却在餐桌上看到了几份剧本，拿起来一看，《诺亚方舟》赫然在其中，看来是早就给了，只是一直压着，刘姐没敢提前给她。

"刘姐来过，让我把这些交给你。"萧则给她拆开外卖，是附近一家酒楼的餐点，没碳水，却也色香味俱全，"这阵子就在这儿住吧。"

他的语气十分自然。

周璇有点愣愣地站在餐厅的一角，没有回过神。

没听到回答，萧则抬头："不方便？"

他眼神淡而平静，似乎没觉得自己的话有什么大不了。

或许是他的语气太自然，也或许是折腾了一晚第二天睡了个饱觉

神清气爽，等周璇回味过来的时候，她发现自己已经答应了下来，轻轻地"嗯"了一声，然后拿起剧本假装若无其事开始看。

直到萧则把菜布好，抽走她手里的东西，把筷子塞到她手里，她才瞅他一眼，不疾不徐地吃了起来。

把周璇喂饱，萧则就回去上班了。家里一大早就被收拾过，萧则走后，周璇逛了一圈，看到晾晒的床单后，扭过头去继续看自己的剧本。

这一看就是三个小时。

《诺亚方舟》不愧是大师阵容，编剧、美术这些重要部分全都由周璇合作过的大师们负责，只看剧本和一些美术设定周璇就被吸进去了。等看完，她揉揉眼睛，点了根烟。

她给刘姐打了个电话。

"剧本是上个月送来的，但没找到机会跟你说，试镜时间是春节后，五月开拍。"刘姐是被周璇从东华挖过来的，周璇的情况她基本都了解，当时周璇选中她的其中一个理由就是她帮助自己拿到了《他乡》的试镜邀请。

都说女人帮助女人，也最懂看女人，在这一行许多经纪人都把艺人当作商品，刘姐却是唯一一个看出周璇潜力的人。

她从一开始就相信周璇能行，并且一直见缝插针地帮助周璇。

"我本来不想接，但剧本我看过，是真的好。"

"刘姐，你不用解释太多，我信你。"周璇看着眼前烟雾缭绕，萧则的房子天花板很简约，连吊灯都没有，空茫茫的，适合人思考，

"你先把其他几个剧本推了,这个我再考虑一下。"

刘姐应了一声,似乎是猜到她会这么说,又补了一句:"张导的不好推,他最想你来,听说女主角都是以你为原型写的,你最好当面跟他谈谈。"

"那就跨年之后再说。"

每一年跨年晚会之后他们都会举办一个私人聚会,跨年结束后放肆地玩一个通宵,请的大半是影视圈的人。

刘姐挂了电话。周璇看了眼时间,把剧本随意放在茶几上,开了落地窗散味儿。

萧则回来时,意外听见厨房传来动静。

他换了鞋悄无声息出现在厨房门口,里头高挑的人影有点狼狈地在看着平板电脑放调味料,做饭这么接地气儿的活被她弄得像在跳舞——宽大的睡衣被扯成一字肩,下摆的长度堪堪遮住臀部,露出一双雪白的大长腿,那么简单的衣服都能被她穿得别有韵味,就是动作有些滑稽因而影响了风情。

"回来了。"周璇听到身后的脚步声,回头看萧则一眼。

这一声太自然,也太具烟火气,说完周璇自己都皱了眉头,不太适应地扭过头去继续倒腾自己的菜。

萧则看了她的背影好一会儿,才走上前去,顺便捋起了袖口。

"在做什么?"

他站在她侧后方,一只手扶住她的腰,宽大的衣服被他按下去后显出她的真实腰围。周璇耳朵有点痒,往他的方向偏了偏头,说:"糖

醋带鱼。"

她平时很少吃煎炸食品，更别说是糖醋的，味道重，热量又高，但萧则没问她为什么想吃，而是问："鱼呢？"

周璇往洗手池里抬了抬下巴："等你处理。"

她在调糖醋汁，刚弄好，他就回来了。

萧则似乎笑了，但周璇没太看清楚，正要转头看仔细，萧则的唇就落在了她的眼睛上。

周璇还没思考出这是顺势的还是不小心，在气氛变得微妙之前萧则已经走到另一边，利落地捉起被随便丢进水池里的鱼，拿了刀开始给鱼开膛破肚。

他的手指修长有力，哪怕在处理腥污看着也是一种享受。

萧则在周璇的注视下稳稳当当地给鱼刮掉鳞片去掉内脏切成段，再放入碗里加葱姜、白胡椒粉、盐、料酒拌匀腌制。等他洗手的时候，厨房门口有风吹进来，他边擦手边对周璇说："去穿条长裤。"

周璇懒得穿，萧则走到阳台把开了一道口子的落地窗关严实，经过茶几的时候，他低头看了一眼，顿了顿。

周璇一直看着他，见状问："项目负责人接触你了？"

"嗯。"萧则拿起剧本，翻开第一页确认了一下制作组名单，"东华影视的项目，他们预约了我们录音棚来年的档期。"

周璇抿唇不语。

萧则没有多看，把剧本放回原位。等经过沙发那头的时候，周璇忽然扯过他的毛衣下摆，把他拉到自己面前。

萧则顺势停住,看着周璇抱着他的腰,把脸埋在他的小腹上。

"怎么了?"

萧则轻笑,钩住她下巴挠了挠。

周璇沉默半晌,摇摇头:"没什么。"

萧则没再问,让她抱了一会儿,然后回了厨房做其他菜。

总不能晚餐只吃某人心血来潮做的一道糖醋带鱼。

周璇就这样在萧则家里安安稳稳地住了下来。

前几天萧则回家,那本《诺亚方舟》的剧本都会被放在不同的地方,被翻过很多次封面已经微微卷了起来,甚至还多了很多标注和笔记。

后来周璇似乎愁腻了,白天也跟着萧则出门,和同在 S 市的朋友们各种聚会,晚上喝得微醉回来,萧则就把她抱到房间去洗漱。

自从周璇来了,萧则就没怎么加过班。陈楠知道他有情况,每次下班也尽量多去帮忙,生怕他又工作狂犯病,耽误了好姻缘。

今年都快过去了,过完年再到来年五月,萧则就三十六岁了。

身边未婚的同行很多,但大家都有正谈得比较稳定的朋友,只有萧则,这个岁数了在这个圈子里还形单影只的,时不时还被粉丝骚扰,堪称"活化石"。

说到这个,最近陈楠最烦的也是这事儿。

虽然也遇到过这种情况,但这次对方大概家境不错,之前就疯狂追线下,线上周边买一堆,还会时不时在私信里骚扰。

萧则都没搭理过,这到了年底不知道她又受了什么刺激,对萧则

象牙塔

的骚扰越发变本加厉起来，甚至渗透进了工作人员里，花钱买萧则的行程消息，并且不知道通过什么途径拿到了萧则的手机号，假装甲方加他微信。

萧则已经拉黑过几个号码了，但对方仍然锲而不舍地换号码骚扰。陈楠为此愁得不行，寻思微博公告也发过了，私下也警告过，但对方似乎因为家里背景硬，对这些警告视若无睹，他们又不想把事情处理得太让人难堪，容易被人带节奏。

快下班的时候，萧则又收到了微信好友添加申请，对方这次很过分，仍然是佯装甲方公司对接人员加了微信，刚发了两句就开始发一些露骨的话，最后甚至发了照片。

萧则只看了一眼就删掉了，顺势拉黑了这个号码。

陈楠当时就在萧则旁边，隐约看到照片也懂了，"啘"了一声儿忍不住说："这啥时候是个头啊？还有几天就年会了，别弄出点什么么蛾子。"

"月初"的年会按惯例是开两场：一场是在传统农历新年放假前进行内部的总结及聚餐，另一场会在元旦当天开声优见面会，配合IP方进行现场配音和互动活动。

其中还会夹杂给粉丝送福利和抽奖环节，年年的现场票几乎都是一秒售罄。

陈楠就怕对方趁此机会使坏，这种粉丝最难应付，把配音演员当偶像追，说本意吧倒也不坏，就是小姑娘喜欢得过了头，用错了方式，可这的确对配音演员本人造成很大困扰。

这或许就是配音这一行渐渐转到幕前最大的弊端。

萧则从入行到现在遇到过太多这种事,相比陈楠,他倒是显得淡定许多。他拍了拍陈楠的肩:"没事儿,先走了。"

陈楠愁着当天要加强安保,闻言点了点头:"去吧。"

他余光看见萧则表情放松,似乎因为下班整个人心情变得不错。最近几天他都这样,让陈楠好不容易缓和了下心情调侃道:"赶紧谈个恋爱,结个婚,然后公开,这种粉丝就会少了……不过咱们大众男神要是脱单,脱粉的估计也不会少吧。"

萧则和陈楠的确有不少 CP 粉,什么事业强强组合,伯乐遇千里马等,现在的小姑娘脑洞一大堆,恨不得看谁都有感情线,什么都能嗑一下。

萧则闻言没搭理他,摆摆手,走了。

到家的时候周璇不在,萧则自己吃了饭,收拾了下东西后继续背元旦见面会的台本,一直看到晚上十点多,周璇才回来。

密码锁一响,萧则就摘了眼镜。他有点轻度近视,平时在外面不戴眼镜,只有在家看书久了会戴一会儿。

周璇喝得比前两天要醉,手里攥着口罩,脸上通红。

萧则走过去把人接住抱到沙发上,低头端详她的表情。周璇迷迷瞪瞪看着他,忽然去够茶几上的眼镜。

她给他戴上,因为喝醉了手不稳,眼镜腿戳到萧则好几次他也没有躲,等戴好了她就开始盯着他发呆。

过了一会儿，萧则开口："好看？"

"嗯。"周璇答，"你的眼睛最好看。"

"喜欢我的眼睛？"

这次周璇不答了。

萧则把她抱起来，放到主卧浴室的洗手台上，转身去给浴缸放热水。

淅淅沥沥的水声打破了寂静，浴室不大，升腾的雾气让人脑袋发昏，人置身其中很容易会诞生释放情绪的冲动。

等候的间隙，周璇盯着萧则的背，忽然说："这几天我都很不痛快。"

萧则起身，看她。

"凭什么，他想要就能要，想丢就能毫无负担地把我们丢下？"

周璇双手撑在身侧，仅靠那么纤细的两条胳膊支撑体重。这姿势不好看，人的骨骼和肌肉都往后缩着，像只鸵鸟，但她却做得很有风情，像一朵正在慢慢枯萎的花。她蜷缩着，像在自问自答。

"可我不痛快不全是因为他，也是因为自己。"周璇看着萧则走到自己身前，她的眼神是蒙眬的，看不清是清醒着还是仍醉着，"我好自私，当年是，如今也是。"

周璇在萧则的眼睛里看到了狼狈的自己。

这一幕让她仿佛回到了当年昏暗又闷热的楼梯间。

周璇从未与人说过那一刻的自己有多么解脱，她觉得自己可悲、丑陋极了，她一边在扮演好女儿、好姐姐，却一边在心里把他们认作包袱，没了一个，还剩一个。

但其实她比谁都明白,如果没有周景,对方根本不可能容得下她。周景是攥着她的线,却也是托着她的风。

当年她利用周景作为筹码,明明那么恨那个人却也答应了对方的条件进入娱乐圈,为自己攒得了浪涛搏击的余地,也给自己挣出了一片功成名就。

如今呢?她又想用弟弟作为借口,满足自己的第二次私心吗?

"你知道吗?"周璇的嗓子哑了,她一直在盯着萧则的眼睛,"那天晚上他说到周景的时候,眼神就和你一样……都像是能看透我。"

所以她才落荒而逃了。

她的卑劣、自私,她的狼狈和自我欺骗。

灯光明晃晃的,让人看得头晕目眩,周璇不想再待下去了。事实上她今晚就不该回来,但酒精摧毁了她的防线,她下意识就想往她认为最安全的地方钻。

这也是她自我欺骗的一部分,太可悲了,她骄矜得像是一个赢家,以为熬过了那些艰难的日子自己就算是赢了,但其实一切都是假的,真正的赢家根本不应该感到痛苦。

周璇想要跳下洗手台,却被一只手牢牢按住。身前的男人炽热、牢靠,却也犹如铁墙。

她的下巴被狠狠攥住,随即被抬起来。那一刻她被萧则眼底的神色燎到了,他望着她的目光,头一次深得如此直白。

"和谁一样?"

萧则的声音很稳,像在质问。

"我看你,是在看着自己的女人。"他的虎口攥着她,力道不大,却让人挣脱不得。他的语速缓慢,每一个字却都犹如闷雷,打在人心上,"谁能和我一样?谁配和我一样?"

温和的声音,却容不得质疑。

他能给她时间,却唯独不允许她把自己看轻——

那个夜晚做出选择的是她,但她同样是被他选择的。

是因为她值得,他才会等她,托着她。

看着她一步一步挣扎,从脆弱的茧蜕变成蝴蝶,从名不见经传到双金影后。她的第一部电影是他监制录音的,她身上每一道因为拍戏而受的伤他全都一一吻过。

他也曾见过她对待周景的温柔和不经意流露的哀切,一个人真心与否或许连自己都能欺骗,却骗不了离她最近,也是最了解她的人,更瞒不住被她爱着的人。

周景唯一的心愿是"希望姐姐能永远快乐幸福",萧则知道,因为他亲眼看到过,就在那本画册的扉页上——那么真挚的愿望,被周景如珍如宝地抱在怀里。

这世上没有谁比萧则更有资格评价周璇,可如果连他都舍不得,他就不允许别人擅自轻描淡写形容她。

就算是她自己也不行。

Chapter 05
/ 温柔陷落 /

一直以来,萧则似乎都是一个更善于倾听的人,他有过的表达大多是在工作中——理顺配音要表达的情感,理性地剖析作品,教导学生们去理解角色。

他有一个好声音,但私下话却不多。比起说话,他更喜欢实在地做事,那些热烈的、张扬的情绪,他留给了配音,因而更显得他在生活上是一个没有太大起伏的人。

和他在一起生活,会让人感觉时间过得很慢,他温和的背后是不动声色的妥帖,柔风细雨,慢慢把人浸透。

然而此时此刻,周璇在萧则眼底看到了浓烈的情绪,他的眸极黑,也极深,像是黑夜的尽头,把他一贯的平静揉碎,露出了赤裸裸的另一面。

洗手台重新变凉,萧则把周璇抱进浴缸里。热水浸泡肌肤的时候周璇打了个冷战,萧则用指尖撩开她凌乱的发丝,轻点在她肩头,等

她身体变暖才挤了沐浴液。

她的难过仿佛全扔在了萧则身上,他接住了,也托住了她,他的冷静让周璇重新平静下来。

这一晚萧则没有睡在主卧,他煮了蜂蜜水,放在床头柜就离开了,没有再进来。

周璇喝完才躺下,蜂蜜水不会太甜,不仅缓解了喉间的干涩,也让胸腔里的心渐渐暖和了起来。

她抱着带着柔顺剂味道的被子,蜷缩着,有片刻的迷茫。她好像不知道发生了什么事,就像她不懂为什么今夜会开这个口。

关于那个人的存在她从没有对任何人提起过,连周景至今都不知道亲生父亲是谁,从他抛弃他们的那刻起,他就不配再存在于他们的人生里。但她今晚就是说了,不仅说了,萧则还回应了她。

他们的关系应该是相互取暖,是片刻的欢愉,是成年人心照不宣的游戏。这样的关系多省心啊,不需要承诺,不需要负责,只需要遵守"规则"就能获取温暖,她一直都对此很满意。

可这"片刻"拉长到了第八年,却在今夜忽然有了变质的趋势。

萧则是怎么看她的呢?

不对,或许应该问自己,她是怎么看萧则的?

理不出个所以然,这八年把她的脑子都养懒了。

也不知道过了多久,周璇才在充满了萧则气味的房间里睡着了。

萧则第二天下班回来,发现周璇化好了妆,手里钩着墨镜,坐在沙发前等他。

他们对昨夜的"意外"默契地避而不谈，好似那段醉后的自白，以及那之后泄露出的占有欲都只是一种错觉，被周璇简单粗暴地归为"酒后失态"。

关系的天平需要两人维持，他们是如此默契，只要一方不想动，另一方就能配合假装无事发生。

可周璇好像忘了，他们这么多年以来尺度一直拿捏得很好，正因从未出现过这种情况，所以她的表现理所当然就称不上娴熟。

"今晚元旦晚会彩排，明天也得通宵，跨年之后我有个聚餐，在国际酒店。"

周璇的潜台词是之后还会回来，她什么都没有收拾。

萧则放下钥匙，"嗯"了一声。

周璇在他的应答里显得有点儿不自在，蹙起了好看的眉。

以前过来睡一觉，睡完就能走，可在这儿生活了一礼拜，居然就养成了报备的习惯。

幸好周大影后虽然心态有点动摇，但演技却还算得上过关，她把墨镜一戴，一副谁也不爱的表情，露出的下半张脸红唇矜贵，一开一合间说了声"走了"，就跨着长腿要去玄关拿大衣离开。

事后想起来她也是闲的，发个微信就好，她还非要在家里等他下班。

还没走到玄关，周璇突然感觉腰被勾住，她的小腹下意识绷了下，贴身的黑色毛衣让她的腰显得盈盈可握。

萧则抚着掌心下的平坦小腹，低声问："几点结束？"

"什么？"周璇被他的气息熏染，耳朵不由自主就红了一片。不过她自己不知道，只觉得这人好犯规，明知道自己声音占优势还在她耳边这样说话。

明明是刚从外面回来，对方的体温却还是比她高，她的后背贴着他的胸膛，那温度滚烫得让人无法忽视。

"我去接你，元旦那天'月初'也有跨年节目。"他摸够了，确认她小腹温暖，说那么多话也没有表示头痛，就撒开了手，越过她的肩膀替她把大衣拿下来，给她披上，"还是不方便？要住酒店？"

这话听着让人有点儿意外，这个"接"字也耐人寻味，像是伸出了手去试探，却礼貌地让对方做决定，手能伸到哪里全凭她做主。

周璇回过神来，手钩着大衣的边缘，睨他一眼。

"要接吗？"

周璇在那带着笑意的语气中蜷起了手指，转过头去，丢下一句"随便你"就跑了，姿态还维持得不错，勉强够不到落荒而逃的标准。

等周璇上了车，刘姐坐在旁边奇怪地看她："干吗这么心急火燎的？萧老师回来了？"

周璇抿紧嘴唇，靠坐在座位上，感觉到心跳放缓了些，这才回过头来暗自懊恼——他俩这些年什么尺度的事情都做过了，自己乱什么阵脚？

她努力缩紧下腹，想要减轻刚才萧则留在上面的触感，可越在意，脑子里越不停浮现出昨晚他的表情。他简短而有力的三句话仿佛还在耳边回响，一句比一句清晰，让她比刚才被他拥住时还烫。最后周璇整个人越来越烦躁，突然摘了墨镜扔向一边，把刘姐又吓了一跳。

到现场整个彩排阶段周璇都绷着一张脸，她才艺不多，除了演戏就是偶尔唱唱主题曲，这也是先天优势，她音色本来就不错，只要不跑调唱起歌来都捉耳。

只是今夜好好一首婉转多情的电视剧主题曲被她唱得傲然凛冽，最后下台的时候，和她合作的男歌手都忍俊不禁来问："璇姐，心情不好？"

周璇把麦还给工作人员，面无表情："还行。"

她拿出手机，看到有一条微信，是周景发来的，电视台官方微博发的元旦晚会节目的预热图，有一张她的彩排照。

周璇的神色放松了些，打字问他在干什么，那么晚还不睡。

周景又发了张截图，是手机里一个广播剧播放页面截图，后面还跟了句："在听萧哥的广播剧！"

又是萧则，周璇烦死了，回了一句："不准听。"

周景对姐姐这一会儿是风一会儿是雨的脾气早就习惯了，边听边哄："这是老少皆宜的广播剧呢！悬疑题材，感情戏很少，也没有女配音演员搭感情戏，姐你放心！"

他和别人配剧有什么值得她放心的？有感情戏也不关她的事！

"少听一些乱七八糟的，快点睡觉！"

刘姐觉得今晚的周璇就是个点燃的炮仗，后辈来休息室跟她打招呼她基本也没有好脸色，到后来刘姐不得不守在门口，把能挡的都给

挡回去，省得落人口实。

　　相较周璇那头提前几天彩排，"月初"这边为了见面会可是做了十足的准备。

　　这种一年一度的活动既是与合作方的联动，也包含了很多赞助，最重要的是对"月初"粉丝交出一份满意的年终答卷。

　　所以要上台的配音演员都做了十足的准备，以萧则为首的几个活动策划更是得跟进现场的各项调配，以确保万无一失。

　　到傍晚六点多的时候陈楠过来拱萧则，让他到点儿该回家就回家。

　　前几天萧则都没有客气，顺势收拾东西就走了，但是今天他摇摇头，还在逐行逐字确认音响设备报告，说："不用。"

　　"怎么回事？人走了？"陈楠恨铁不成钢，"怎么就不用了呢？票你给人家没？人家明天来吗？"

　　萧则："不来。"

　　陈楠气得扶腰："你让我说你什么好？"

　　"她有工作，来不了。"萧则想去跟音响师再沟通一些细节，看陈楠气成个河豚模样，还是停了下来，拍拍他的肩膀安慰，"我心里有数，哥。"

　　这是承认家里有人了，陈楠这才没那么上火："你心里有数？你心里有什么数！快三十六岁的人了，元旦大半夜回家都没人开着灯等你，出息！"

　　萧则不需要人等，他会去接她。

既然有些事情已经泄了底，再等下去也没必要，萧则不是不会主动，但这主动得分时候，要仔细算的话，这还是对方开的头。

不管是故意还是不小心，她既然把壳开了一条缝，他就默认了她已经做好了准备。

第二天天气很好，两人都起了个大早。

萧则是因为要早起去现场准备，周璇则是久违的认床了。

周璇和很多艺人都被安排在电视台旁边的酒店套房里。这在娱乐圈也是常有的事，可这一次也不知道为什么她一夜都没睡好，到半夜她实在扛不住了迷迷糊糊地点开了萧则录的一个白噪音音频，才勉强睡过去。

吃完早饭，坐车去电视台。一大清晨，所有人都一副没精打采的模样。准备化妆时，周璇瞥见高雅雯推门进来，在她身后，那个小C位转身离开，显然两人是一起过来的。

高雅雯最近的新宠，圈内人都知道，只是这个小C位走流量选秀路线，女友粉很多，所以两人并未公开。

高雅雯也不是第一次和男团成员谈，这方面早就习惯了。高雅雯资源好，还给小C位推荐了很多音乐人和时尚圈资源。她对小男朋友一向大方，昨天彩排的时候两人在后台也黏糊。

注意到周璇的目光，高雅雯小跑过来，讨好地给她捏肩："干什么这么看我？怪让人紧张的。"

周璇从镜子里瞥高雅雯一眼，见化妆师熟练地背过身去找刷子，

象牙塔

才对高雅雯说:"你玩也要分场合,这人'私生饭'多,彩排现场不全是圈内人,还用我教你?"

"拍呗。"高雅雯耸耸肩膀,不以为意,"也不是没被拍过,有钱能解决,怕什么?"

周璇和高雅雯还没有熟到能什么都说的地步,对那天那个少年接触自己的事儿也闭口不提,见她现在正在兴头上,明白自己说什么都没用,也不再劝。

周璇一直都是这样,偶尔心情好,就多嘴一两句,别人爱听不听,大部分时间则是根本懒得管。

这个圈子里很少会有真正的朋友,只有利益驱使和暂时处得来或者处不来。

高雅雯坐在周璇旁边的位置上,招呼化妆师来给自己上妆。她哼着歌,余光看见周璇拿出耳机戴上,手机页面的 APP 自己也没见过。

"你在听什么?"

高雅雯好奇地探头。

周璇等手机屏幕自动熄灭,闭上眼睛让化妆师上眼影,闻言答道:"广播剧。"

"啊?这不是二次元圈子吗?"高雅雯顿时丧失兴趣,把头缩回去,"你还听这个?"

周璇听着耳机里熟悉的声音,表面若无其事:"就随便听听。"

她听的不是周景说的那部广播剧,而是点开了一部播放量排名第一的改编向广播剧,感情戏很多,还有隐晦的亲热戏。

当某人情动的声音夹杂着喘息说着一句句情话的时候,周璇换了一个坐姿,抱起手臂。

化妆师拿过口红正准备给她涂上,见状小声说:"周老师,嘴唇放松,咱们上口红。"

"……嗯。"

如今S市的温度已经达到零下,但当萧则中场下台休息的时候额头却还渗着汗珠。化妆师用化妆棉轻轻给他抹掉,然后抓紧时间给他补妆。

萧则喝了一口水,听着台上的年轻配音演员在给另一部作品现场配音,每到精彩处,观众席上的粉丝们都一起发出惊呼声和掌声,震得连后台都能感觉到。

化妆师也是"月初"合作过好多年的伙计了,听到这动静还是不由自主地感叹道:"'月初'的粉丝好热情啊。"

这个体育馆不算大,但也不小了,几千人挤在一起,所有位置全都坐满,发出的声响不是一般的大。

萧则只笑了笑,没有应话。

他拿出手机,打开了卫视跨年直播,哪怕插上了耳机,一直跃动的手机屏幕也引起了化妆师的注意。

"这是S市卫视啊,我都好久没看跨年晚会了。"

"抽空看看。"

这时候台上正在进行下一组艺人表演的准备工作,镜头刚好切了

象牙塔

一圈后台，萧则敏锐地捕捉到了一个酒红色的身影。

只匆匆一秒，萧则就能看到周璇在笑，心情似乎挺放松。

他记得当时在家扫过她随手放在桌上的备采记录，她的节目安排在靠后倒数几场，最后压轴的是今年很火的一位流量歌手。

萧则又看了一分多钟，见镜头没有再切到台下的意思，便关了手机，换好衣服，准备上台。

跨年晚会热闹地结束了，外头的粉丝也在陆续离场，熙熙攘攘的，大家都还很兴奋。

后台情况也差不多，离开的人一拨接一拨，有去赶场的，有赶飞机的，也有接下来约着一起包场聚会的，大家互相打着招呼，各上了自家的车。

周璇换了一身干净利落的小礼服上车，刘姐和小周也在车后座。

"小周，等会儿我们到了你就先回去吧，辛苦了。"刘姐给周璇打着光让她补妆，还不忘对小周说。

小周这会儿也累垮了，闻言点点头，在后头边"钓鱼"，边给周璇递刷子。

周璇简单补好妆，打开手机，先看了微信。

萧则半个多小时前发来一张照片——是"月初"的众人在一个大包厢吃饭的照片。

她没回，切出来给周景打去视频电话，知道他刚看完跨年晚会，肯定没睡。

"姐！你今天真美！"

周景对周璇向来毫不吝啬赞美，周璇笑了笑："看完就早点睡，别累着。"

"不累，清醒着呢，最近身体情况不错。"

周景边说边笑，好像在看什么东西，周璇听到他的背景音吵吵嚷嚷，问："在看什么？"

"在看'月初'工作室的小姐姐开的直播，萧哥他们在开庆功宴，可热闹。"

被周景勾起了好奇心，周璇嘱咐完他早点睡就挂了电话，到某站上搜了搜关键词，很快她便找到了"月初"的配音演员开的直播间。

是个很可爱的姑娘，有点婴儿肥，此刻正举着相机到处找前辈们唠嗑，给观众们争取"福利"。

作为老板，主桌肯定是备受瞩目的，都是业内翘楚。

小姑娘围着桌子转了一圈，终于趁着间隙逮住了陈楠要他和弹幕互动。

也可以看出来"月初"的氛围是真的好，同事们关系融洽，就算是面对老板，大家私下相处也很自然。

萧则就坐在陈楠旁边，侧脸英俊稳重，举起水杯的时候，嘴角带着放松的笑。弹幕一片"萧老师"刷得人脸都要看不见了，周璇干脆屏蔽了弹幕。

"要看萧老师？萧老师不给看！"

陈楠已经喝得有点上头，接过小姑娘的自拍杆，边说"不给看"，

边把镜头往萧则跟前怼,镜头一下就变成了两人"同框"。

萧则没有拒绝镜头,但也没有接话。周璇注意到周围好多人都喝酒了,但他还是保持着清醒,似乎滴酒未沾。

弹幕似乎也有同样的疑问,陈楠另一只手钩着萧则的肩膀,指了指他跟前的杯子,说:"瞧!白开水!老萧你还真是扫兴,大家都喝就你不喝!"

陈楠已经有点大舌头了,但萧则也没嫌弃他,只是无奈地看了镜头外一眼,似乎是在对手机的主人说:"你这样等明天陈老板醒了发现自己掉粉该生气了。"

周璇不知道此刻弹幕都在"哈哈哈",其中有一条弹幕飘过,估计是小姑娘自己的铁粉,弹幕的字体和颜色都是加了特效的,萧则一扫就看到了这条——萧老师为什么不喝呀?是酒精过敏,还是单纯不爱喝酒?

众人原本都没想过他会回答弹幕上的问题,可下一秒,他们看见萧则微微一笑,低头的时候睫毛稍微遮住眼睛,却也因此让人感觉格外温柔。他说:"不是,是待会儿要去接人,要开车,不方便。"

他就这么随意地说了一句,可表情和语气传达出来的信息量却足以让弹幕立刻炸开来。连坐在萧则旁边的陈楠也蒙了,半天没反应过来。

小姑娘紧张极了,连忙把自拍杆抢过来,在一边打哈哈。

但似乎没什么用,今晚闻讯而来的粉丝太多了,平时小姑娘自己直播顶多就几千人,今天知道她在拍"月初"年会实况,许多关注配音圈的人都涌来了,因此萧则的话以及他的神态,十几万人都瞧见了,并且瞧得清清楚楚。

在粉丝乃至路人粉眼里，萧则虽然脾气温和，但对粉丝一直都竖着一面无形的墙壁。

他和粉丝保持着最理性的距离，微博"不营业"，很少在评论区"翻牌"回复粉丝，他也不止一次在采访中说过希望大家更关注作品之类的话。

这样的人关注久了，大家或多或少都能品出一丝冷淡。

正如在线下办声优见面会，大家找喜欢的配音演员签名，都会或多或少激动地说胡话，但唯独去找萧则的时候大家连玩笑都不敢开，更别说是一些比较直白的表白。因为他虽然会礼貌地说"谢谢"，但更多的就没有了，有时候礼节周到就意味着距离。

关于这点，路人粉也没少诟病，但因为萧则的配音履历摆在那儿，比起亲近，大家都更愿意尊敬他，因此也慢慢习惯了和萧则这样带着距离感的相处模式。

毕竟配音归根到底是幕后工作，没人可以要求配音演员一定要讨好粉丝，萧则也不需要这样去博得粉丝的喜爱。

但今晚不管是新粉、老粉还是路人，都十分诧异于萧则说出这么一句话时的语气和神情，是他们从未见过的，或许该说，是萧则从未在镜头前表现过的一面。

刘姐也在刷着微博，她原本在看今晚粉丝们努力转发的周璇的精修图以及热搜的排名情况，结果一抬头就看见正主一只手懒懒地支在扶手上拿着手机，另一只手撑着下巴在看手机，神色看着无比放松。

她五官浓艳，平时不说话的时候，看着就很有攻击性，但此时此刻她的眉头舒展，画着眼线的眼角也挡不住她微微往下的目光，映着屏幕的时候是少见的温柔。

"你在看什么？"

刘姐好奇地刚要凑过来看。周璇托着下巴的手没动，倒是另一只手快速地划拉了两下，手机屏幕立即回到纯黑壁纸。随即她目光一转，看向了车窗外。

刘姐觉得周璇最近越来越不对劲，前阵子还一副挑剔着全世界的样子，突然心情就转晴了。她想再试探，可目的地很快就到了，只能先说正事。

"待会儿我得去陪个酒，你推掉的那几个本子的导演、制片都在。"

"辛苦你了。"

对刘姐的酒量周璇一直放心，这些年她在业务方面可以说是第一阶梯的经纪人，周璇能安心拍戏不理其他，刘姐绝对是出最多力气的一个。

但也有一些是刘姐替代不了的，例如真正的人情往来。

周璇在这行沉淀了许多年，其中帮过她的全都能算是她的恩师，张导是其中之一，并且是分量最重的一位。这些年里他为她量身定做了很多好本子，因此这次拒绝她也得亲自去。

她向来是个记恩也记仇的人，仇会加倍还，恩只会还得更多。

周璇来得算晚的，大伙儿都已经聊过一轮了。等她来到熟人堆中，张导朝她举杯:"敬咱们的影后。"

四周都是圈内朋友,闻言都笑了。

周璇顶着他们调侃的目光,接过侍应生递过来的酒,红唇微张,先自罚了一杯:"别寒碜我了。"

大家随口聊了几句,大概是知道周璇和张导有话要说,都识趣地走到一边。

张导走到一张红沙发边坐下,示意周璇也坐,他们好好聊。

"刘琦跟我说你想选《诺亚方舟》?"

张导作为长辈也算是看着周璇一路过来的,两人的个性有点相似,便十分直接地进入了正题。

周璇举着香槟,高脚杯在指尖轻晃,光偶尔投射进她眼底,显得她眸色尤其深:"我还没想好。"

"当时这项目一定下来我就有这个预感,东华要跟我抢人了。"张导叹了一口气,话虽这么说,却承认,"这是个好本子。"

周璇静了片刻:"老师。"

"我听刘琦说你状态不大好,现在都还举棋不定。"

张导应了这声"老师",他看着她,像是在看着当年眼里带着一股劲儿的少女,如今她也还是有,但已经不再如当年一般浑身上下只有刺。

她是盛放着的玫瑰,一个女人最美的年纪应该是像她这样,既让人欣赏,也保留锋芒。

"虽然我不明白你在犹豫什么,但我当年跟你说过,好的电影人

象牙塔一

和好的剧本是互相选择的,再好的本子,不适合的人来演,那就是烂片,反过来,再好的演员,选了不合适的本子,砸的也是双方的口碑。很多时候其实我们别无选择。"

张导拍了大半辈子电影,当年接手的是在电影圈里寂寂无名的周璇,接连两个名角把她捧得天一样高,他却又在后来把她的锋刃磨了下来,让她沉下心,不变成浮华名利场中短暂盛放的烟花。他当时跟周璇也说过类似的话——电影人很多时候别无选择。

周璇是一个电影人,很多时候她的身体可以说谎,可心却很诚实——她想演最适合自己的本子。

而他们都明白,《诺亚方舟》一定会是周璇转型的最大垫脚石。她拍过那么多题材,唯独缺一味这个。就像每个运动员的梦想都是成为奥运冠军,周璇同样渴望,只是她还缺这么一个契机。

"我的本子可以为你推迟,两年时间相信你可以调整好。"张导点了根雪茄,又递给周璇一根。周璇接过来,随手放在了烟灰缸上,喝了一口酒,听他继续说,"如果你不想接《诺亚方舟》,那就来我这儿,我的本子和《诺亚方舟》不同,女主角只能是你,你不拍了我也不会找别人来拍。"

周璇把头轻轻搁在沙发靠背上,看着繁复的天花板与水晶吊灯,像是被迷了眼,眯起眼睛。

这时远处传来此起彼伏的招呼声,周璇收回目光,看向门口。

周景万一身黑色西服,仪态端庄,看着精神比上次见他时要好,周围人与他聊天,他还能笑着回应。

他的夫人挽着他的臂弯,也是一身同色系高定,脖颈与手腕间皆点缀着冰玉翡翠,与当年戴的是同一套。

那么多年过去了,那人看着竟未显露多少老态,就是隔着老远也能感觉到脂粉味儿扑鼻。

灯光似乎比刚才还要晃眼一些,刚才喝下的酒让喉咙变得黏稠而灼热,周璇和张导礼貌地告辞,起身朝洗手间方向走去。

年轻的时候,周璇会被对方唬得抬不起头,羞愧与屈辱在倔强的身躯下勉强被掩盖,那时候的周璇身旁身后都没有能够帮她的人,她也在等着别人拯救。

但如今的周璇已经不需要了,她足够自信,不需要任何人。

她身处这个位置,是她自己一步一步挣回来的,并且她比谁都明白一件事——母亲或许有错,但绝不该由她一个人背负所有的骂名,罪魁祸首是那个贪图一时温暖,明知不可为而为之的人,他背叛了两个家庭,却只得到了上天的惩罚。

凭什么?

他如今还好好站在人前,以道貌岸然的形象接受别人的称赞。

周璇在洗手间洗手,抬头看向镜中的自己——冷淡,也冷静,是她平日里的状态。

她重新回到宴会中,像只高贵的天鹅。这个圈子是很看重出身和背景,但也忌惮地位与能力。

很快就有熟悉的导演、制片围上来和周璇叙旧,她像是看不到不

象牙塔

远处的两个人,自如应对着众人,之后一点余光都没有再给不相关的人。

他们问她关于《诺亚方舟》选角的事,变着法地打探这部在两年后一定会爆的电影最终会花落谁家。

都是这个圈子里的老戏骨、老前辈,当然会听到一些别人得不到的风声。在他们看来,或许也是周景万有意引导,大伙儿似乎都认为周璇是当中最合适的人选。

但也有一些人,揣着内情在明知故问。

周璇的身世在某些人眼里不是秘密,在她刚火起来的时候就有人不停地深挖。

周璇看了对方一眼,毫不客气地冷笑:"适合我,我就一定得接?"

这一句话问得对面阴阳怪气的某位制片的夫人脸色一阵红一阵白。

谁都知道周璇最不缺的就是"适合"她的剧本,撇去一些真正冲着得奖去的片子,投资商业片眼红她咖位和流量的资本也数不胜数。

每一年周璇拒绝的商业片就能统计出几个亿的片酬,里面不缺为她量身定做的剧本,但周璇从未松口。

严格来说,《诺亚方舟》也属于商业电影范畴,大家一直在试探也是因为周璇从未在此松口,如果她为此破例那这部电影又将多一个噱头。

因此周璇这么一说,众人的脑筋也十分迅速地转了一圈。

有情商高的出来巧妙地转移了话题,周璇对事不对人,转头也就把这事儿掀过去了,自然也没看到那位被她甩脸色的夫人沉着脸走到另一个圈子里,和周景万的夫人挨在了一起。

整场宴会,周景万等人都没有和周璇碰上面,他们泾渭分明的态度似乎也给了众人一些暗示,整个会场气氛显得相当微妙。

周璇看时间差不多了,拿出手机给萧则发了一条微信。对方很快回复:"在楼下,随时可以下来。"

身旁的人不经意间扫到她的表情,一脸促狭地问:"男朋友?让他上来啊。"

对方明显是在调侃周璇,他们都知道她有一个固定情人,这句"男朋友"在这种场合说出来显得十分微妙。

周璇不喜欢听他们以一种不正经的语气讨论萧则,她也没必要向任何人交代自己和萧则的关系,因此没搭理。

刘姐已经应酬完一圈回来,化了妆也能看出来脸颊红彤彤的,显然是被灌了不少酒。

周璇低声对她说:"你先下去吧,萧则的车在下面,我去打个招呼就下来。"

刘姐拍拍她的肩膀:"行。"

看着刘姐离开,周璇过去和几个老前辈打招呼。

这时候大部分人都喝高了,一个两个都面红耳赤。

"那么早回去干吗?"有人问。

周璇坐在茶几上,一条腿跷起,礼服勾勒出曼妙身段。她给坐在中间位置的人递了根烟:"我往年不也这样?"

对方接了过去,身边的姑娘连忙点上。

象牙塔

知道周璇不爱应付这些场合，几个老前辈也没有为难，摆摆手，示意她随意。

周璇披上大衣，转身准备离开。

快到门口的时候，她忽然听见身后有声音响起，是正好让她听到的声量——

"没爹妈管教的东西就是没一点眼力见儿。"

周璇停了下来，转过身，看到了那位之前被自己呛了一嘴的女人。

她没记错的话，对方的丈夫好像是东华影视旗下一家公司的制片，在圈子里名声算不上响亮，全靠老东家的背景撑着——那家公司的股东挂的好像就是周景万老婆的名儿。

周景万的岳丈是东华影视的董事长，在周景万娶了自己女儿之后对方赠予了他百分之三十的股份，因此东华影视 CEO 虽然是周景万，但最大的股东还是他的夫人苏珊。

这些还是周璇后来找人去查的，她还记得调查报告递到自己手上的时候她还想，她妈不输才怪，但凡是个有脑子的男人在那种时候都知道该站在哪边。

周璇一边回忆着，一边往回走。咖色大衣垂感十足，披在她肩头让她看起来尤其高挑。

周璇径直走到那个女人面前，明知道对方身后是谁在撑腰，但还是开口问了一句："你在说我？"

周璇面无表情的样子让对方忍不住倒退了一步，她似乎根本没想到周璇会为了一句话和她正面对峙。

今晚那么多影视圈内的大人物在场，周璇但凡有点理智也应该忍了，可她却没想到周璇压根不需要看场合行事。

"你……你要干——"

"啪！"

周璇的一巴掌打得干净利落，让周围不露痕迹观望这边的人顿时哗然。

被掌掴的女人似乎没搞清楚什么情况，她的头被打偏了过去，不到一会儿半边脸都肿了起来，甚至还有几道周璇指甲留下的深深的红印。

等她反应过来后几乎尖叫出声，面对周围人的注目，一张脸涨得通红："你疯了？"

周璇又问了一遍："说的是我吗？"

有人围了上来，却没有人敢靠近周璇，她屹立在那里，不动如山。

女人的丈夫闻讯赶来，扯过妻子一把，脸色也十分不好。

然而那个女人看见丈夫来了，情绪一下子憋不住了，捂着火辣辣的半边脸，近乎歇斯底里地喊："贱种！我要报警！"

不远处，周景万站在人群中，看到这一幕不禁蹙起眉头。他刚想动，手臂就被挽住，转过头去，见妻子冰冷的目光看着自己。

他忽然重重咳了起来，苏珊对身旁的秘书递了一个眼神。秘书递上药瓶，周景万接过后倒了两粒药，艰难地咽下了。

萧则是在警察来之前上楼的，一进宴会大厅就看见了周璇。

她形单影只，却站得笔直，以一种毫无破绽的姿势伫立着。

他快步走上前，皱着眉打量她，丝毫没有在意周围的目光。

象牙塔一

  部分人见真的有人报警，多一事不如少一事，已经提前离开了，留下的都是些看热闹的。
  "没事吧？"
  周璇没有答他，反而问："你上来干什么？"
  哪怕在看见他的时候，她的表情也没有一丝一毫的动摇。
  这时候警察上来了，走到对峙中心，问："是谁报的警？"
  宴会负责人此刻内心叫苦不迭，还是连忙上前告知情况。这两边他都得罪不起，今天的事但凡牵连到在场其他人，他就吃不了兜着走。
  萧则一边听着负责人的阐述，一边把目光落在周璇的小腿上。
  在元旦晚会上她已经站了许久，到后半夜也基本没消停，导致此刻她连站立的时候小腿都是下意识绷直的，并且因为她的腿原本就细，所以一肿起来就很明显。
  萧则松开眉头，知道现在很多人在打量他，却不曾给周围人任何目光。
  直到警察例行让当事人走一趟，他才毫无预兆地伸手用周璇披在肩头的大衣盖在她的头顶，然后弯下腰，手插进她的腿弯，把她抱了起来。
  警察看到这一幕，皱眉问道："你是？"
  周璇抓紧萧则胸前的衣服，明显感受到警察的问题让四周都静了静。
  萧则稳稳抱着怀里的人，闻言，十分平静地对警察说："她的朋友。"

周围人的议论声多多少少落在周璇耳里，鼓噪的耳膜下是萧则沉稳的心跳声，周璇不知道自己是怎么了，心脏酸麻得像是被攥了一把。

"我的车在酒店后门，我送她过去。"萧则说完转头对宴会厅负责人转达了一遍刘姐的意思，"麻烦安排人下去安抚下记者。"

到底是公众人物，警察表示同意。

负责人其实早在事情闹起来的时候就派人去遣散蹲点的记者了，闻言又连忙安排人再去后门仔细检查，怕有漏网之鱼。

萧则由负责人带着往另外一边的电梯下楼，因为有第三个人在，周璇全程没有说话，大衣盖住她的脸，也没人知道她是什么表情。

上了车，刘姐急忙迎上来，她的酒意早消了，连忙借着昏暗的灯光打量周璇："有没有受伤？"

刚才她收到上面的人给她发的消息真的心脏都要停了，更让她惊讶的是萧则听到这个情况后问清楚楼层径直就下了车。

她当时都不敢想象上面是个什么情况，在车里等待的时候紧急联系公司安排团队准备公关，并且联系了合作律师。

等周璇上了车，她一连串地询问刚才的情况，一个细节都不放过。

萧则拿开周璇头顶的大衣，径直拉过她的右手。原本洁白的掌心红了一片，到现在都仍然清晰，可见当时她用了多大的力气。

周璇任他看着，凝视着他低头的样子，有一搭没一搭地回答着刘姐的问题。

萧则忽然低头轻吻她的手心，一触即离，让原本在问话的刘姐瞬间哑声。

象牙塔

他放开了她，转身去驾驶位，扣好安全带，开车驶往警局。

刘姐吞咽了下口水，心想这两位今晚都不太对劲，一时也没敢打破这诡异的安静。

警局就在酒店不远处，萧则在停车场的角落将车停稳，刚解开安全带，就听到身后周璇说："你先回家吧。"

萧则回头，她就坐在他的斜后方，拢着大衣看他。

刘姐见气氛不大对，轻咳一声，转身先下了车。

等车里彻底只剩下他们的时候，萧则才开口，无比冷静地问她："不用我跟着？"

低沉的嗓音失去了温和，听着让人不由自主肃然。可周璇直视着他的双眼回答了他："不用。"

过了一会儿，萧则点头，随后重新扣上了安全带，自此，他再也没看她。

周璇转身下了车。

周璇面无表情地走进警局，刘姐在与对方沟通要等律师来了才肯谈。律师还有二十分钟才能到，警察就让她们坐在一边等。周璇想抽烟，很想，但这里是警局，她最后什么都没做。

对面的女人此刻好像冷静下来了，只用一双眼狠毒地盯着周璇。她身旁的丈夫一直在和警察交流，不知道在沟通什么，周璇没有在意。

她站在这个位置要是还没有应对这些的能力，那她就可以回炉重造了。

她烦躁的原因不是这个。

周璇坐在角落里，这个角度能透过玻璃门看到外面的停车场，可车子已经不在了，她一下车，萧则就离开了。

周璇都没发现自己从下车起就一直握着拳头——那个吻，还有他转身的背影，像是循环播放一样在她眼前一次又一次出现。

她知道他生气了。

从那个失控的夜晚开始，一切都不同了，他们都心知肚明。

所以他当然会生气。

他顶着所有人的目光也愿意到她身边来，他的态度已然很明了。

可他是从什么时候开始转变的？

周璇闭眼，努力忍着头疼也没想出个所以然，脑子里乱哄哄的，这里的环境真的不利于思考。

直到律师来了，周璇才在他的陪同下录了口供，剩下的周璇就不再管了。

不管是他人授意，还是那个女人自发要这么做，把她送到警局来肯定是有所图，他们这行最讲究背景和人脉，对方犯不着明目张胆地和她对着干——可不管怎么说，女人或者女人背后的人都有点太低估周璇了，若是没掂量清楚代价，周璇不会打那一巴掌。

那一巴掌不只是对女人出言不逊，也是给在场所有人一个态度——她周璇能站在这里和谁都没有关系，她只是她自己。

周璇的律师处理得很迅速，没多久，警察就放行了。

周璇戴上墨镜，被刘姐掩护着上车。刘姐表现得很小心，左右张

望有没有记者,被周璇一句话制止:"消息肯定已经散出去了,既然这样该怎么做就怎么做。"

刘姐皱眉:"今晚估计有人盯着你,别去萧老师那儿了。"

周璇本来也没打算回他那儿,闻言点头:"这件事压着就行,打听一下是哪方散的消息。"

"不用你操心这个。"刘姐经验丰富,早在出事的时候就和各家媒体打过招呼了,周璇的面子谁都愿意给,不给的也可以用钱解决,她们最不差钱,"你好好休息,萧老师那边……"

他们刚才不欢而散的样子让刘姐很担心,毕竟这段关系维系了那么多年,刘姐也是一路看下来的。

刘姐试探性地问:"要去萧老师那儿把东西拿回来吗?"

这些天周璇有不少东西都送到了萧则家,包括剧本。

周璇有点走神。

等回过神来,她才说:"不用。"说完,她顿了顿,"如果对方拿他做文章,不管多少钱,都压下去,不要让他露脸。"

刘姐:"……行。"

周璇到家的时候,整个屋子冷冷清清的,太久没人住,开灯的时候周璇自己都不是很习惯。

她脱掉衣服、鞋子径直走向浴室,手里拿着手机,边走边打开微信。

弹出来一大堆消息,除去少数群发新年快乐的,大部分今晚在场的人都在表达关心和询问需不需要帮忙。

周璇只回了几条重要的信息，结束后找到一个被淹没的聊天窗口，点进去，上面的聊天记录还停留在他发的"随时可以下来"。

周璇犹豫了好一会儿，才打了几个字发过去："到家了，没事。"

萧则没有第一时间回复。

周璇把手机放下，泡在按摩浴缸里，头枕在边上，看着天花板。

大概半个小时后，周璇裹上浴袍，拿起手机，这才看到对方十分钟前回复了很简短的一句："好好休息。"

明明语气温和，内容也妥帖，但隔着屏幕，偏偏品出了疏远。

周璇又恍神了，最后还是出了客厅找了一根烟点上。

薄荷味儿直直冲进胸腔，让她的脑子清醒了很多，也让她更清楚地感觉到了冷，明明暖气已经开足了。

她总是强迫自己清醒，又好像是头一次觉得清醒是那么难受。

维持了八年的关系终于走到了岔路口，对于这一天的到来，周璇不是没有预想过，继续或是结束，她一直以为自己可以做到轻拿轻放。黑夜中的一束火光罢了，她现在明明过得很明亮。

身体的欲求，谁都能解决，一开始她求的不只是这个吗？

昏暗的楼梯间，男人搀扶起她的手，二十一岁的她被抽走烟，火星都烧到手了，她都没有知觉，在手指上留下被烫红的印。

她混混沌沌的，只能听到一道低沉而温和的声音在头顶响起："站起来。"

于是她就站了起来，下一秒就闻到了对方身上干净清冽的味道，直冲进胸腔，让人想要落泪。

象牙塔

她忽然把他压在墙壁上，对方比她高大，却顺从地被抵住，没有反抗。

周璇一只手紧紧攥住男人的手腕，摩挲的手指可以感受到男人坚硬而棱角分明的腕骨。她吻着对方的唇，那一刻根本没有足够的力气去思考，只能凭靠本能去做。

"我想要。"

她感受到男人因为她直白的话顿了顿，之后像是刻意勾引般，她凭着本能和有限的技巧，吮上他的喉结。

舌头下的喉结上下滑动了下，过了一会儿，她被轻轻推开。那一瞬间眼睛适应了黑暗，她看到了他的眼。

他在打量她。

只是当时她的思绪太乱了，没品出来他眼里到底有没有情欲。

"你要吗？"

她以为他会拒绝，因为他实在太冷静，除了刚开始那一下，他的气息平稳得简直让她觉得挫败。

但下一秒，她听到他说："去我家？"

他牵着她，一路下了停车场，开车回家。

那几个月，萧则经常出现在医院，有时候应周景的邀请去他的病房探望，因此周璇经常和萧则碰面。

周璇知道他的老师也生病住院了，来看望周景应该是出于顺便或者礼貌，他们默契地保持着这种奇怪的不冷不热的关系，毕竟两人都不是性格外放的人。直到那天处理完母亲的后事，她第一次上了这个男人的车。

"第一次？"

黑暗的玄关给人足够放肆的氛围，他们拥吻了半分钟，萧则轻喘着问。

在这种情况下男人的嗓音性感至极，黑夜把人的眼睛封住了，只剩下听觉和嗅觉，因此他的每一句话，每一道气息都被放大，占据感官。

周璇是在这一刻突然被攥住的，失重的心猛然有了实感。

签下母亲病危通知的时候没有，得知母亲心跳停止后没有，麻木地签了许多后续处理文件的时候也没有。

她早已忘记了小时候或许存在过的美好回忆，更多的是记住了母亲在这段失败的爱情中最歇斯底里的样子，就连刻在她记忆里的最后一幕都是那张暴瘦而变形的脸，没有一丝对他们的爱与留念，最终她无法释怀。

处理完所有的事，站在了周景的病房前，那一刻她才像是失去了所有的力气，没有办法去打开那扇门——她无法解释自己的自私，更别说让这个十几岁大就尝尽病痛困扰的男孩儿理解何谓"相依为命"。

周景什么都没有做错，她也没有。

只是他们都被父母抛弃了。

这个清晰的认知，以及对未来的迷茫，终于在此刻，在被萧则的气息包围下，化为再彻底不过的钝痛。

她的嘴唇被吻肿了，被抱进浴室的时候说了句"不是"。

象牙塔

　　萧则没有因为她的回答停下，他帮她脱掉了上衣，轻吻她的肩头，像是安抚。

　　在周璇为数不多的经验里，做这样的事一点都不舒服，可没关系，她想疼，想释放。

　　可眼前这个男人太温柔，也太有耐心，把她所有的颤抖都抚平了。周璇不知道是不是他这个年纪的男人都这样，明明是她要来的一场"各取所需"，萧则却颠覆了她关于这种行为的一切印象。

　　那一夜，他没有让她疼，却让她完全释放了。

　　他让她彻底忘了其他。

Chapter 06
/ 心照不宣 /

太阳缓缓升起,在这幢寸金尺土的高级顶层公寓里,能清楚看见城市的晨曦。

周璇靠在沙发上,闭着眼睛,头脑因思考了一夜而变得十分困顿。

和萧则的这段关系中,她自认得到了自己想要的——片刻的安歇、身体的欢愉,以及寒风中能有个人让自己取暖。

那萧则呢?

他想要从她这里得到什么?

他得到了吗?

八年了,周璇发现自己竟然没有答案。

昨夜的事果然被有心人捅了出去,对方很聪明,匿名在某网站发帖带节奏,联合培养的帐号捕风捉影地开始把周璇"暴力欺凌"这件事掺杂影视圈的各种潜规则爆料一起放出去。

象牙塔

其中有周璇坐在茶几上给人递烟的照片，接过烟的人被打了码，可他们身边的女孩们没有，都是如今荧幕上很火的小花旦。

公关团队很早就蹲在各个平台上了，反应也很快，删帖的删帖，查IP的查IP，居然真的在很短时间内就控制住了舆论发散。

周璇请的公关团队是国内顶级水平，并且联合了同样被曝光的其他工作室，这些花旦表面属于个人工作室，但实际背后都是大资本，团队强强联合因此效率更是惊人。

直到下午，只有一些关于"周璇欺凌"的词条被搬运到微博上被人讨论，还有几张混乱且模糊的现场照片被传播，大部分清晰的，甚至周璇在警局门口的照片都被公关掉了。

平时不出大事的时候无人察觉，但经此一事，许多圈内人都难免开始后知后觉——周璇的团队办事效率有点超出众人的预期了，公关能力竟然毫不逊色于重金打造的专业团队，大家一下子都好奇了起来。

周璇的工作室行事作风一向低调，也并非资本挂靠，因此在一些人眼里，周璇虽然看着地位高，却不是什么铜墙铁壁。

如今大家都忍不住开始怀疑，这些年里她能够做到几乎零绯闻，也无人捆绑带节奏，到底是因为她专心拍戏没给人机会，还是她培养出来的团队一路在为她保驾护航？

而风暴的中心——周璇此刻正稳稳坐在吧台上听着刘姐的汇报。

当听到公关团队的预测和总结时，周璇说："他们不想让我接《诺亚方舟》，所以想把我往劣迹艺人的节奏上面引。"

这一年国家打击封杀劣迹艺人一个接一个，这是最利也是最好用的刀。

刘姐"嗯"了一声:"竞争对手——制片、演员,都有可能,毕竟现在东华属意你是个人都能看出来,那个女主角的人设太适合你了。"

周璇看了看时间,没有多说什么,又交代了两句就挂了电话。

她没有告诉刘姐,如果是竞争关系,那么连带她的出身也一起攻击上才是更有效带节奏的方法,还能把她过去所有成就背后的努力都一并抹杀掉。

然而对方没有,避开了这一点,说明她的身世同时也是对方的痛点。

那位大夫人既想维持丈夫与自己的脸面,又想让她离得远远的,最好永远在这个圈子里消失,生怕她一旦摊上周景万的一丝半点儿,会让他们重新缠上那条血缘的线。

可他周景万是个什么东西?也配?

周璇给好友杜明熙打了电话。

杜明熙是作家兼编剧,手握多个热门原创IP,在编剧中地位很高。

在现在这个遍地都是IP编剧却没有太多话语权的时代,杜明熙是少数的凭借自己的实力大火的作家之一。后来她为了能有更大的改编话语权,还专门成立了自己的公司,组建团队做专业的IP衍生。

周璇和杜明熙相识缘于一次影视改编合作,她当时的咖位其实已经没有给她递女二号剧本的,杜明熙是唯一一个。

在挑选剧本的时候，刘姐会主动筛选，遇到女二号基本都不会优先考虑。可当刘姐把剧本退回去之后，杜明熙不知道从哪里得到了周璇的联系方式，希望两人找个机会见一面。

周璇就是在那次被她说服，选择出演她剧本里的女二号。事实证明那个角色的确非周璇莫属，她因为那部 IP 改编电影又收获了不错的口碑，并且使她开始活跃在各种二次元圈子的剪辑中，许多原著粉都被她狠狠圈粉。

也是在那次合作之后，两人发现彼此性格相投，就一直保持着来往。

杜明熙的作品和受众都偏向于二次元，除去改编的影视化，也基本都签约各种动画、有声漫画和游戏等二次元方面的制作项目。

有时候杜明熙会邀请周璇来给她的角色配音。或许是受萧则的影响，周璇在这方面也是手到擒来，平时也会有一些配音的工作。

杜明熙今天穿了一身长风衣搭配黑色长靴，整个人飒到一进餐厅服务员都忍不住注目，相反周璇今天就低调多了。

杜明熙坐下的时候，上下打量她一眼，十分直接地说："看来没多大事。"

周璇："本来也是小事。"

现在微博仍有不少人和黑粉在抓着周璇打人的事情做文章，但她的团队盯得紧，几乎没有什么实质证据流出。比较麻烦的是不少品牌商过来打听消息并且给予警告，这些天周璇的团队都在连轴转，忙得不可开交。

可周璇既然说了是小事,那就是她能应付,杜明熙也不多问,叫了一杯黑咖啡,直奔正题:"那你找我干吗?"

周璇:"我记得去年年初,你说你有一个朋友,手上有一个本子一直不愿意卖出去,现在版权还在吗?"

杜明熙皱眉:"你要干吗?"

杜明熙在这行人脉也不错,当即想到了什么,眉头皱得更深:"我听说东华那部一直在接洽你,你看不上?"

咖啡很快送来了,杜明熙喝了一口:"有现成的资源不要,为什么要舍近求远?我那个朋友就是一个穷作家,除了本子其他什么都没有。"

"你说过她有潜力。"

杜明熙十分不谦虚地点头:"实话说,看过她写的'无限流',现在市面上火的我都看不上。"

去年年初杜明熙跟周璇聊天的时候就说过,她的这个朋友是她近五年里看过的写"无限流"写得最好的作者。

"无限流"是近几年才火起来的一个有着特殊受众的题材,其世界观多变且复杂,十分考验作者本身的架构功底,比起传统的科幻题材格局更为庞大,也因为对读者的门槛较高,区别于如今的快餐文学,所以在受众上仍有限制。

当时周璇对这种题材没有了解,因此也没多大兴趣,只是在萧则那儿住的一个礼拜里,她专门约了圈子里几个对此有涉猎的好友聊了

聊，得到的反馈基本都是——题材很有看点，可惜在国内市场还不算吃香。

她也有认识的投资方买了不少相关的IP，却只是囤着，并没有立即立项。

现在市场上"无限流"相关的本子都卖不出太高价，因为资本也在评估。杜明熙的这个朋友一直握着版权不愿意出售，大概也是因为这点。

周璇对杜明熙说："我马上要二十九岁了，都说三十而立，女人也一样。现在的我有钱，也有能力，不一定要坐等好本子找上门。比起被别人说我至今的成功里有一半是因为机遇，被慧眼识珠，那么在三十岁之后，我希望大家都能看清楚，我对自己要走的路，有绝对的掌控权，我完全可以自己成就自己。"

杜明熙注视着她。

周璇贴着椅背，坐姿慵懒但脊背笔挺，她的姿态在多年的锻造中显得越发端庄，近乎可以称得上是教科书级别。

不管是拍古装戏还是现代戏，都能接受荧幕前所有人的挑剔。

"所有人都说这个本子适合我，资本也属意我，换言之，所有人都觉得我去拍什么更多是本子成全了我，可凭什么？他们凭什么觉得我就该为被选择而感恩戴德？"

世人永远不会心甘情愿承认一个人的成功，尤其是承认一个女人。

哪怕她走到现在，影后、视后全都拿过，外面很多人都猜测她靠潜规则上位，靠与人建立不正当关系拿到剧本和投资。

即便抛开那些也会议论她的成就或所得并不纯粹，或者说不完全来自于她自己。

包括在这个圈子里，也有许多人表面承认演员的成功，背地里看她、看他们的目光就如同看待一个商品，在掂量他们是否能给自己创造更大的价值。

这个圈子少数还坚持着本心的人也在慢慢被资本埋没，更多的演员在等待被选择，因此成为资本的附庸品，所以她的老师才会说，电影人很多时候别无选择。

可正因思想被桎梏才会随波逐流，演员需要有自己的思考，因为人是活的，剧本是死的，电影人的灵魂应与作品的灵魂相配，彼此升华，而非谁成为谁的依附。

"我要的不是别人能张口闭口说我配不配得上，而是要所有人都说是我选择了足够与我相配的东西。《诺亚方舟》是好本子，但我不是非它不可。我遵循这个圈子的规则，因为在此之前我别无选择，要想变得强大，我甘愿支付代价，现在就是我可以自己做主的时候了。

"我要为灵魂不灭而活着，决不接受折中式的妥协。"

杜明熙的眼里有什么晃动了一下，她承认自己被眼前这个女人触动，并且征服了。

她自己创立公司，自己改编剧本，自己拉投资……她太明白周璇的意思，因为她们是一样的人。

她们都不想成为赠品，这个时代是需要很多妥协，尤其是女人，但她们做出妥协走到这个地步就是为了获得最独一无二且无须将就的

东西。

"我知道了。"杜明熙拿出手机，给周璇推了一个微信名片，"这是杜善的微信，我会帮你跟她约时间。"

周璇拿起手机，听到这个名字的时候瞥了杜明熙一眼。

杜明熙这才坦率承认："她是我的妹妹。"

杜明熙的笑里更多的是骄傲："所有人都不相信一个女生能写出多宏大的世界观，认为女人写点情情爱爱的东西就够了，但我知道那只是她才能的万分之一。比起我，她更像是一个天才。这一年里她拒绝过很多公司，行业里的人都说她贪心不足蛇吞象，却没人愿意相信她只是有足够自信而已。她和你一样不屑于被别人选择，我相信你们能谈得来。"

杜明熙喝完那杯咖啡就走了，她是大忙人，抽出空来见周璇也是因为她知道周璇在这个时机找自己是有事想要她帮忙。

女人的友谊很奇妙，不需要经常见面或联系，也不需要攀太多交情，她们不会像男人在酒桌上靠喝得多来论"情义"，相反，给她们喝一杯咖啡的时间就足够了。

她们在第一次交流的时候就懂得两人追求的是相似的东西，对杜明熙会支持自己这一点，周璇从未怀疑过。

周璇刚回到家不久，门铃就响了。

她起身去开门。

门外，萧则推着一个行李箱。此刻已经黄昏，室外温度很低，他浑身上下都散发着凉气。

周璇转身走向客厅,听到身后传来轻轻的关门声。她还是穿的出门的那套衣服,听到萧则问:"刚回来?"

"嗯。"周璇的视线落在行李箱上,随后沉默不语。

萧则说:"这是你落在我那里的一些衣服,担心你要穿,我就带来了。还有剧本。"

这一个多礼拜周璇没有找萧则,萧则也安安静静的,连微信消息都再没有发过,最新的一条是他今早说下班过来一趟的消息。

他们一年到头这样的状态其实很多,平时两人忙碌的时候都不会主动发消息给对方,只有周璇回S市了两人才会约在一起见面。

这样的关系哪怕以时间的长度维系,可归根到底,最脆弱也最不值一提。

周璇敏锐地从萧则话里听出了一丝言外之意,她直视着萧则,问:"什么意思?"

萧则松开了行李箱。萧则进屋之后外套都没有脱,站在这里像是一个客人,但她在萧则家就从没有这个感觉。

这一幕让周璇觉得刺眼,她想起那天晚上他站在自己身边回应的那声"朋友",明明这是他们之间约定俗成的事,是他先打破的规则,可她仍然为此介怀。

周璇介怀的是这样优秀的男人,在这个混浊的圈子里被一群品性、相貌皆不如他的人以有色眼镜看待。

萧则一直没回答,他什么也没说。

周璇沉不住气:"你生气了?因为我让你先走?"

他说:"没有。"

"那你为什么生气?"

周璇都没注意自己的指甲因为抱臂的姿势而深陷进皮肤里,萧则看到了,上前两步,抓住她的手。

他们的距离很近,近到她能闻见他身上若有似无的洗涤剂香气。他有经常晾晒衣物的习惯,因此他穿戴的所有织物都有一种干净的味道。

她的食指不自觉地颤动了两下。

萧则轻轻将她抱住,他感受到了她的紧绷。

"周璇。"萧则低声叫她的名字。

"我没有生气,我知道你是想保护我。"他的手指熟练地抚摸她的长发,两人在一起八年,他有许多习惯的亲昵动作。

"是我太贪心。"

他的语气温和得不像在剖析自己。

萧则稍微松开了周璇,低头看向她的眼睛:"这一次,我想要很多。如果你愿意给,可以回来找我。"

他明明没有说出那句话,却又好像把所有的意思都表达了。周璇感觉到他的体温慢慢从怀里撤离。他说:"车子不能停太久,我先走了。"

在萧则打开门的前一秒,周璇叫住了他:"为什么?"

她觉得自己在明知故问,但她还是问了。

更多是不甘心。

为什么不能和之前一样？

承诺是捆绑和束缚，他们一直这样不好吗？有了他，她也不会去找别人，这样不够吗？

在太阳消失的最后一刻，萧则说："如果不是你自己明白，就没有意义了。"

萧则离开前给她开了灯。

可周璇还是感受到了熟悉的冷意。她后退两步坐在沙发上，双手环抱着自己。

他走得毫不犹豫，头也不回。

周璇忽然就想明白了一件事——

在这段关系里，始终清醒着的人，是他。

也只有他而已。

周璇让自己投入了年底最后的忙碌。

原本她该给自己放假的，今年她推了春晚邀约，本来想着提前回W市陪周景，可定下投资意向后，她把审核评估交给了团队，然后拿着一本《明日之后》开始挑灯夜读，时间一下就变得紧凑了起来。

《明日之后》的起印量相较同类型的"无限流"小说高出了一大截，后续再版成绩也很优秀，在"无限流"题材的网文中很有分量。

并且不受限于网站的女性读者，男性死忠粉也很多。

这样好成绩的一个 IP，资本当然盯得紧，但他们对"无限流"

题材有保险估算，所以给不了杜善太高的报价。

然而周璇读到一半，觉得杜善拒绝的理由并不完全是因为版税。

这个故事背景太大了，只看了前三分之一，以周璇的经验都能估算到光后期得花掉多少钱，换言之，这是一个烧钱的本子，杜善更担心的或许是投资的问题。

如今市场上有很多IP，即便资方买了也不舍得花钱打造，觉得能有个大概接受的投资回报率就足够了。但这本是杜善的心血，她肯定不会希望对方草草了事。

《明日之后》足足有两百万字，分为五册出版，无删减版字数更多，周璇手里的就是托刘姐拿到的无删减版。

等她读到第二本快结束的时候，周景开始催她动身了。

国庆的时候萧则答应过周景，说过年的时候会去探望他，因此周景一直日盼夜盼希望春节赶紧到来。

周璇刚挂掉周景的视频电话，杜明熙就给周璇发了微信，说是大年初四她会带妹妹去W市旅游，顺便见一面，聊聊版权的事。

周璇已经在微信上和杜善聊过几句了，对方性格和杜明熙很不同，哪怕隔着屏幕打字都温温吞吞的，周璇实在想象不出来这样性格的女孩是如何驾驭一个维度如此高的故事。

既然已经得知对方会来与她见面，周璇也不等了，跟刘姐说了一声，就启程回家。

近一个半月的忙碌，让周璇无暇分神去想其他，还是上了飞机。

关机之后,周璇闭上眼,才算有了点放假的实感。

也只有在这时,她才会控制不住地胡思乱想。

距萧则离开那天,已经过了一个多月,他真的像是消失在了周璇的生活中,不同于以往各自忙碌心照不宣不去联系对方的状态,这一次……就如同关系彻底结束的征兆。

萧则把最终的决定权交还给了她,却也以不容抗拒的态度表明他的意思。

夜深人静时,周璇手里握着手机,明明通讯录上多的是替代品,只要动动手指多的是人前仆后继给予温暖,可她的手指逡巡几轮,最终一个电话都没能拨出去。

萧则快把她逼得无路可走了,她将睡觉的时间都压榨,每天把时间安排得比拍戏时候还累,能够倒下就睡,这样才熬过了这漫长的几十天。

她处在了连自己都无法理解的焦躁中。

周璇下飞机后坐上事先安排好的车去医院。小周被安排在腊月二十八放假,这次跟着周璇一起回 W 市,给她打打下手。

周璇到病房的时候,周景似有所察,回过头来,笑的同时不忘张望:"萧哥没有跟你一起回来吗?"

周璇让小周去办出院手续了,她摸摸周景的刺头,这两天得去修一修:"没有。"

她也没说萧则什么时候来。

象牙塔

周景从周璇的话里察觉到了什么,抬头端详着周璇的表情,之后没问更多。

周景每年过年都会回家,因此很快就走完了流程,办好了临时出院手续。周璇这次去办公室跟医生聊了很久,回来的时候一脸淡然。

他们下电梯去停车场,等上了车,周景才问:"秦医生说什么了吗?"

周璇抱了一下周景,一个大男孩瘦削得一只手就能拢过来。周璇空出一只手去给他整了整帽子,说:"等过完年,会带专家来给你看看,可能要做手术。"

"好的。"

周景听到"手术"两个字眉头也没皱一下,像是习惯了,倒是周璇因此显得更沉默。

周景笑着去抚平她的眉头:"又不疼。是什么专家?"

周璇说:"美国那边过来的,会先给你做检查。他们坚持要让你过去,我还在托人商量。"

"姐你离不开我,"周景坐直了些,反过来把周璇抱在怀里,"我知道的。"

他们都不知道这一次会是什么结果,毕竟已经失望过太多次。其实周景对自己的身体没有那么多期待,可他不舍得周璇难过。

到家后小周放下行李帮忙收拾好就离开了,她就住附近的酒店,很方便,临走前让周璇有事就给她打电话。

周景拿起茶几上的《明日之后》,好奇地翻了翻:"这是什么?"

周璇翻着第三册，闻言把自己的打算简单跟他说了说。

周景对"无限流"也挺感兴趣的，拿起了第一册，坐在周璇身边跟着一起看。

两姐弟穿的是一个系列的居家服，颜色柔和，质感舒适。聊到过年时家里会来客人，周景还觉得挺新鲜："咱们好久没有这么热闹地过年了。"

这么多年来周璇圈子里的朋友周景一个都没有接触过，他被很好地保护在了乌托邦里。或许这其中也包含着周璇的一点私心，人总要有一个能放下包袱歇脚的地方，不被外界打扰，对于周璇来说，周景身边就是这样一个。

他们姐弟俩心连心，因此周景最明白这个本子对她来说有多重要，他甚至不需要周璇交代整个过程，仅凭三言两语就明白了周璇对此事志在必得。

她在用过去的努力与荣耀作为赌注，去赢一个强大的对手，他帮不了她太多，只想让她如愿，以及在她需要的时候让她倚靠。

要是那个人也在就好了，他的肩膀要比自己宽厚太多。

周璇一回家，就像给自己放了假一样让自己完全脱离了工作，白天拉着周景到楼下散步，晚上在家里看书。姐弟俩肩并肩一起看书，偶尔还会讨论下剧情。

《明日之后》埋着许多解谜向彩蛋，他们边看边挖，在这部作品中深刻地感受到了作者的用心。

象牙塔

腊月二十七晚上周璇给了小周一个大红包,把她送上去往机场的专车。

大年三十当晚,周璇简单做了一顿饺子。她不会包,只能去超市买现成的,虾仁馅儿的,煮好倒一碗醋,姐弟俩头凑头吃了,每年都这样过,也不会觉得寒碜。

他们无父无母,更不需要走什么亲戚,因此春节更像是一个彻底的长假。

周璇从大年初一睡到大年初四,像是要把整整一年缺的觉都补回来。

今天杜明熙姐妹俩要来,周璇打算去机场接她们,所以睁眼后也没赖床,洗漱完换好衣服就出了客厅。

却没想到听到了熟悉的声音,她顿了顿,看向沙发那边的周景,他正与人视频聊天。只隔了两三米远,周璇甚至能看清屏幕里那人的脸。

"我姐起了。"周景听到身后的动静,偏了偏身子,让手机里的人看。

萧则穿了一身灰色毛衣,整个人干净清爽,他透过屏幕看过来,两人对视了几秒,周璇听到他平静地"嗯"了一声。

他好像是在父母家里,背景的装修风格和他的住处截然不同,家具都是红木的,看着古色古香。

"我先去忙了,别累着。"

等萧则那边挂了视频电话,周璇已经围好了围巾、戴上口罩,拿着车钥匙准备出门。

周景没有跟周璇解释他怎么和萧则打上视频电话了,乖乖地对她说:"小心开车。"

周璇便也没问。

她从不怀疑萧则不会过来,他是个重诺的人,哪怕有一天他俩发展到老死不相往来的地步,只要他答应了周景,就一定会来。

这些天周景好像察觉到了什么,也不主动在她面前提起萧则了,周璇也知道他们私下一直有联系,可每次都避着她。

他们连唯一的联系似乎都在渐渐消失。

周璇快到机场候车区时给杜明熙发消息,时间卡得刚刚好,她停下车没多久就看见杜明熙拖着一个红色大行李箱走出来,身后跟了个二十二三岁的姑娘,散着一头过肩的小卷栗色长发,红色披肩搭格子裙,乖巧像个北欧风格的洋娃娃。

周璇降下车窗,杜明熙很快就注意到她,带着杜善过去,杜善懂事地上了后座。

杜明熙自己把行李塞进了后备厢,然后坐上副驾驶座,再次习惯性打量她的表情:"一脸不高兴。"

周璇没觉得自己不高兴,但也懒得跟她争辩,挂挡踩油门,利落地开了出去。

"住哪儿?"

"你家附近的四季酒店。"杜明熙往后偏了偏头,"叫人了吗?"

她在对杜善说话。

还没等杜善回答,周璇就抢先开口:"不用这样。"

象牙塔

杜明熙说:"和你没关系,杜善不太擅长和人交流,平时也不出门,难得出来我锻炼下她的社交能力。"

"能写出那样水平的文字,说明她与人交流没有任何问题。"

"我知道,她就是懒。"杜明熙耸了耸肩,"可总要出来面对社会,总不能永远闷头写书。"

"你公司要倒闭了?"周璇突然开口问。

杜明熙一脸"开什么玩笑"的表情看向她。

周璇拐上高速,像是没接收到对方的疑惑:"那是你撑不下去了,需要她'继承家业'?"

杜明熙:"当然不。"

周璇的声音稳稳当当:"那她为什么不可以这样写一辈子?"

每个人都是头一次经历自己的人生,凭什么可以那么轻易地就断定这样不行,那样不好?

这世界上有多少人,交际能力比杜善强千万倍,可他们之中又有多少人,在这个年纪就能写出几百万字的畅销书,年纪轻轻光靠版权收入就能收益百万,未来或许还能拥有更多。

杜明熙一时语塞,顿了好久,才靠在椅背上,皱着眉头:"也是。"

周璇的手机振动了一下,她随手划过屏幕,发现是杜善发过来的微信。

杜善就坐在后座上,发给她一个"熊熊抱抱"的表情,右上角还冒了个爱心。

周璇勾了勾嘴角,把手机锁屏后丢回原位。

周璇把姐妹俩送到酒店，在停车场等她们放好行李下来，然后拐回家接周景，四人一起去预订的餐厅吃饭。

周景没小时候那么认生了，尤其是知道对方是周璇的朋友，他全程都表现得十分自然，坐在副驾驶座上，乖乖地目视前方，偶尔杜明熙提到他，他还会浅笑着回应。

周璇余光看了周景几眼，觉得他这副样子莫名有种熟悉感。

让周璇觉得玩味的还有一件小事，就是透过镜子，她发现杜善似乎对周景很感兴趣，从周景上车开始，她就一直在侧后方直勾勾看着他的背影。

周璇突然想起杜善的书里好像是有这么一个角色，少年白皙瘦弱，却智商超群，是重要的配角。

但她没有揣测更深，到了餐厅停了车，四人一起进去。

周璇的身份在那儿，就算是在家乡，保险起见也得订包厢。

包厢里是圆桌，两个当姐姐的挨着坐，因而年轻的两位也就凑近了。

服务员给他们上茶，递菜单，周景顺手拿过，边摊开在杜善面前边问："喝点儿什么吗？"

杜善解开披风，露出里面的一字肩毛衣，少女的锁骨到肩膀都是极漂亮的弧线，可周景却像是看不见，连眼神都没有一丝变化。

杜善一直观察着他，片刻后才点头，低声说："玉米汁。"

这是见面后杜善第一次开口，女孩儿的声音也是软软的，听着像

是带了棉花糖的甜。

　　吃饭不谈正事,点完菜几人互聊了些过年的趣事,但周家姐弟这个年过得平平淡淡,自然没什么好聊,大部分时间都是杜明熙在说。

　　杜家家境算是十分殷实,父母都是富商,虽离异但家中关系还可以,父亲常居加拿大,她们两人也会去那边和祖父母过节。

　　周景大概是跟着萧则耳濡目染,全程一直默默照顾一桌子女性,该添茶添茶,该布菜布菜。就连杜明熙那样向来看男人不顺眼的挑剔女人,酒足饭饱后也忍不住夸一句:"你这弟弟很不错。"

　　周璇没说话,倒是周景还有兴致开自己玩笑:"就是身体差了点。"

　　杜明熙对周景的情况略有耳闻,闻言摆摆手:"现在医疗技术发达,心脏病怎么了?有多少心脏病患者都活到七老八十呢。"

　　杜善偏过脸,视线落在周景胸口的位置,许久才移开视线。

　　吃饱几人开始聊正事。

　　周璇提起话头,有点出乎意料,杜善回应得很快,几乎没有一丝犹豫:"我可以把版权卖给你,只有一个条件。"

　　"你说。"

　　杜善安静地坐着,她仍然精致得像一个洋娃娃,但此刻她的神态和语气都十分认真:"我希望以编剧身份进组,对剧本拥有一定话语权。"

　　周璇没有马上答应:"你知道编剧和作者考虑的范围很不一样。"

　　杜善点头:"我知道,隔行如隔山,这一年我也和很多这行的前辈聊了聊。编剧要考虑场景最终实现的过程,以及后续的审核问题,这些我都可以理解，你也可以拟订附加条款对我加以限制，但最终我只是希望我创作的世界，能在这个'限度'以内被合理呈现。只要你能答应，版权我愿意签给你。"

一提及作品，少女的气场与方才截然不同，虽然她语气仍是柔而缓慢，却带着不容忽视的坚定。她果然如杜明熙所说，是一个难得的天才。

天才的难得不是才能的展现，而是站在规则的天平上平衡且绽放自己，理智而通透，敏感而聪慧。

周景看向周璇，果不其然在她眼底看出来赏识，她没有犹豫，点头："我答应你。"

周璇给了杜善最想要的承诺："这部电影我会是最大投资方，并且我也可以向你保证——它和你都值得被我选择，并且用尽全力对待。"

周璇把她们送回酒店，因为吃饭的过程中大家已经熟识了，所以回去的时候周景和杜善一起坐后排。

快到目的地时，杜善忽然看着周景问道："你也看了我的书吗？"

周景点头："很好看，我很喜欢。"

"你长得和我心目中的阿尔斯切一模一样。"杜善的目光直直看着他，"那是我最喜欢的角色，远胜过主角。阿尔斯切是最聪慧也是最脆弱的少年，你身上有和他一样的气质。"

周景有些愣住，因少女的眼神比告白时还炽热。

"你会来参演吗？"

周景原本该第一时间看向姐姐，这是他不知怎么回应时的下意识举动，要寻找最亲近的人的帮助，但他这次却没有，倒不如说，被这样专注地询问，教养使他做不出任何求助于人的举措。

周景搓了搓手指，片刻后诚实回应："我没有演出经验，也没想过以后的事……而且我很快要进行手术，所以没法回答你。"

"那你看完后会考虑吗？"

周景在少女的目光中沉默了下去，车缓缓停下，他对杜善说："……抱歉，我不知道。"

大概是听出了周景语气中的为难，杜明熙叫了杜善一声，先下了车。

杜善像是没听见，眼前的少年就连对待命运的挣扎态度都与书中的人物如此相似，让杜善嗅到了命运的意味。

她觉得他就是瑰宝，在看到他的第一眼，她才下定决心与周璇达成合作。

可她也没再逼他，因为她看出了他眉宇间的迷茫，于是说："希望你手术成功。"

她掏出手机，打开微信页面："能加好友吗？"

Chapter 07
/ 甘之如饴 /

回程路上,姐弟俩难得沉默。

周景看着车窗外,不知道在想什么。而周璇目视前方,也没有出声打扰。酒店离家不远,开车很快就到了。

到家后周景说要去洗澡,就先进房了。周璇盯着门看了会儿,在沙发上坐了下来。

平地起波澜。

杜善的话和周景的态度让她陷进某种熟悉的情绪里。

上一次陷进这种情绪,还是在国庆时周景对她说完那些话之后,当时……当时发生了什么来着?

周璇靠在沙发上,忽然陷入怔忪。

是萧则拉着她起来,她跟跄着被他抱进怀里。

那股温润的香气仿佛还留在记忆中,那人的低笑和打趣也犹在耳边,鬼使神差地,周璇拿出手机,点开微博,手不受自己控制般在搜

索栏里输入了那人的名字。

她知道以萧则的性格，过年也不会在朋友圈或者微博发私人生活的照片或信息，但她就是……莫名地想要去了解与他相关的事。

好像那个名字就能让她缓缓平复心情。

但周璇没想到大过年的，萧则的微博广场比想象中还热闹。

她看了会儿不禁蹙眉，热门的前几条都在转一个爆料组发的配音演员爆料帖，大意是国内某一线配音演员与粉丝搞暧昧，并诱哄对方发照片，人设大崩，话里话外都在意有所指。

二次元圈子很少人会遵循追星那套规则，说话都带大名，很多人都在猜帖子里说的是不是萧则，因此微博广场上几乎都是在讨论这件事的帖。

周璇点进链接，手机页面跳转到另一个APP。她点开图片一张张往下看，随即在一张微信截图上停了下来。

截图者是发照片人的视角，照片中女孩子白嫩的腿穿上丝袜，露出JK短裙和丝袜间的绝对领域，暧昧又充满某种暗示。

可让周璇顿住的原因不是这个，而是对方的微信头像，和萧则的头像的确一模一样。

从发帖人的视角和阐述语气可以看出来爆料者应该就是女当事人，而呈现给不知情的吃瓜路人，对方没必要弄一个和萧则一样的头像，直接把头像模糊掉也有带节奏的效果，更何况换个思路，对方连萧则的微信头像都知道，也更没必要特意弄一个了，对方十有八九就是萧则本人。

周璇面无表情地又看了两眼,然后切掉窗口,给刘姐打电话。

刘姐这个年过得并不轻松,在家里过年还要盯着团队处理工作,接到周璇的电话时她还以为周璇有什么新的指令,结果却让自己诧异。

"萧老师?"

"以我私人名义去查一下爆料组那个帖子的IP,并截图保留证据,去鉴定一下是否有拼接痕迹。"

他们明星和这些APP方运营人员都熟,更何况周璇的团队以前依法追究过许多私生和黑粉,在这方面平台会给予她便利。

"需要删帖吗?"

按理来说,这应该由萧则决定,但一想到那张照片,周璇不知怎的就来了火:"删掉,不用管微博上带节奏的,盯着别上热搜就行。"

现在配音演员也是公众人物,更何况萧则这种地位的,一举一动都被人盯着,上热搜不是什么罕见事。

刘姐挂了电话就去安排了。周璇重新打开APP刷新了几遍,帖子很快就显示无法访问,团队的效率很高。

虽然对方放出来的截图里没有萧则直接开口要照片的证据,也没有萧则对照片的回应,但架不住有爱捕风捉影的人。

帖子删除前已经有人开始细数萧则最近的配音业务并打算针对性攻击了,还有顶着路人粉身份发言的人把年会直播的事儿挖出来,说萧则搞深情人设,背地里和粉丝发展不正当关系。

虽然也有萧则的粉丝在帖子里以没有证据反驳,但都抵不过更多人持着观望态度发表一些似是而非的言论,把局面搅得更加似真似假。

象牙塔

毕竟大部分人都爱看完美人设崩塌，却不细想这些人设其实也是他们强行安在对方身上的标签，总有那么一些人轻易地就能对自己想象中的那个人失望。

周璇冷着脸把手机扔到茶几上，转身回房洗澡。

第二天早上周璇脸色如常地在客厅健身，周景的房门打开，她回头看，少年穿得严严实实的，帽子、围巾、口罩一个不落，只露出一双鹿一样的眼睛。

她皱眉，从瑜伽垫上站起来，问："干吗去？"

周景眯起眼睛笑："萧哥来了。姐，今天我出去玩一天，不用等我吃饭了。"

周璇顿住，眼神复杂地看他去玄关换鞋。

少年昨晚回来时低落的情绪，今天全都没了。他一碰上萧则就没有坏心情，整个人愉悦得像是下一秒就能哼起歌儿来。

周璇转过身去，从茶几上捞起薄荷烟。周景没出门，她就抽出一根，捏着没点。她像是随口一问："他什么时候来的？"

周景坐在小板凳上换雪地靴："大半夜的飞机呢。"

还没等周璇问周景是不是和萧则聊到了大半夜不然怎么会知道，就见周景站了起来，树苗似的挺拔，跟她道别："走了，姐！"

他压根不问她放不放心他跟着萧则出去，又对萧则的事儿闭口不提，像是一种作为弟弟的贴心——看，你俩都闹掰了，我就不提他了，但这不会影响我和他的关系，他还是我的好萧哥。

这种不上不下的感觉让周璇心里那股从昨晚压到现在的气缓缓地又涌了上来。

周璇点了烟，深吸一口，站在原地几秒后，突然转身往房间快步走去，一打开飘窗外面的冷风猛地灌了进来，她就穿了一件保暖内衣，被冻得鼻子生疼，又不想回去拿衣服。

这几天东北都在下雪，虽然现在是个晴天，但外头的树木和小路都白茫茫的，厚雪积着压在枝丫上，目光所及整齐干净，像进入了另一个世界。

周家在七楼，她侧头往下看，一眼就能看到楼下空地上有一个穿着灰色大衣的人影，在一片素白中显得尤其清晰。

周璇夹着烟，看着那人影不动，过了一会儿含着的那口烟终于慢慢吐出来，连同她呼出的热气一起，打了个旋儿，被风一吹，凌乱不成形地飘散开。

萧则没抬头左右张望，只是安静地等着，他做任何事都是那么专注。

直到周景裹得圆滚滚的身影出现，那人才稍微动了动，下一秒周景扑了上去，先抱了他。

少年比男人要矮半个头，两人站在一起像是对亲兄弟。他们像是说了什么，然后转过身并肩往小区门口走。

直到再也看不见，周璇才关了窗，也没仔细关严实，露着一条不大不小的缝，一直从缝里灌着冷风。

她坐在飘窗垫上，安静的房子里只有她一个人，她忽然觉得胸口又闷又痛，下意识捂住那一阵阵发紧的地方，才后知后觉自己手脚都

象牙塔

冻僵了，手指关节一弯曲就感觉到了要裂开一样的痛。

杜明熙给她打电话的时候，一听她的声音就皱了眉："我的天，你重感冒了吗？"

周璇的嗓子哑得不像样，事实上她正在吞云吐雾，把自己房间弄成了个大型烟灰缸。

她也数不清自己抽了多少烟，她在思考，不知不觉就抽了那么多。

"什么事？"

"出来玩啊，我们人生地不熟的，你不尽下地主之谊？"

对方也是知道她们姐弟过年无聊，那就干脆一起出门呗，还能有个伴儿。

周璇开车去接她们，带她们去一些地方逛了逛。

其实这儿有景区，但过年都关闭了。周璇一年到处飞，对家这边也不算太熟悉，城市变化太快，她稍微反应慢一点就跟不上了，有时候走到一些地方都会恍惚——这儿现在是这样的吗？

等逛无可逛时，周璇点开大众点评搜景区关键词，发现有个植物园还开放，又驱车带着姐妹俩去。

走在园区里，连杜明熙都看出了她对这座城市的生疏，忍不住笑话她："你也像是来这座城市做客的。"

她调侃完发现周璇不说话，似是沉默，也似默认，一时也不知道该说什么。她们都不是善于安慰的人，杜明熙便直接转移话题，问："小景怎么不来？生气了？"

她指的是昨晚杜善的话是不是冒犯到了周景，却看到周璇垂眸，说:"不是,他跟……"

那一瞬间,周璇停住了,不知道该用什么词汇指代萧则。

"跟谁?"

过了一会儿,她才又道。

"……出去玩儿了。"

北风"呼呼"的,杜明熙以为自己没听清,但也没在意:"小景那边需要帮忙就说,我爸在加拿大人脉广,那边医疗条件也不错。"

青石小路覆了雪,本该是极好的景,但因为路面被踩了无数脚,雪混着脏泥糊得一片狼藉。

周璇就站在这污泥的中间,恍惚觉得这条路她好像走过,不应该这么陌生,她随口"嗯"了一声,边走边思考自己什么时候来过。

等快出园区时,周璇忽然停下,一瞬间就全想起来了——

是国庆。

那天萧则开着导航找到这个新开的植物园,带着从没来过这里的姐弟俩闲逛。

那人拉着周景走在前头,边走边用他那温润的声音给周景做向导,她当时百无聊赖地跟在他们后面几步,走马观花地瞧。

她对这儿没有太多印象,是因为当时……

当时她眼里,分明仔细地、专注地只装满了那两人的身影。

一直陪着杜明熙姐妹俩吃完晚饭,周璇才开车回家。停好车子,她下车往大门走,还没走近,就瞧见了路灯下的人。

象牙塔

到了新年的尾声,各家各户仍然热闹不已,每一层都有灯开着,里头传来电视和家人们唠嗑的闲散声。萧则就站在大门前,手插在兜里,孑然而立,却有着落霞殆尽前一秒那般让人心悸的颜色。

周璇的眼睛移不开,喉咙也干燥,就像猫馋鱼,就爱那一口,偏偏得戒。

明明最长的时候两人小半年也不见一次,也不曾像今天一样让她浑身不得劲。

可转念一想,那时候和现在不一样。

那时候时隔多远,周璇都知道萧则在那儿,他的存在感不是明晃晃的,而是像月亮一样,哪怕偶尔看不到,但知道它总在那儿,只是被云层挡住了。

也像……也像这个家,哪怕她一年就回几次,但总是被收拾得妥妥当当,她回来了就能放下一切歇息。

听到动静,萧则望过来。

周璇缓缓走近,一直走到离他几步远的地方才停住,两人对视却看不出双方眼底装着什么。

是周璇先开了口,呼出的热气让鼻尖都变得暖和起来:"小景呢?"

听到她的话,萧则稍稍偏了偏头,朝着门的方向:"他说上去给我拿东西。"

她没问是什么,了然般点了点头,转身要上去了。

萧则却在她身后说了一句"谢谢"。

周璇捏着拳头,很快转过拐角,她觉得腿脚像灌了铅,进了电梯就没了力气,那道目光消失了却如影随形。

他是真的狠心,她走也不留,好像饿着的人只有自己。

到了家所在的楼层,和正等电梯的周景撞个正着。

周景手里拿着他们看完的《明日之后》,用袋子装好,宝贝地抱着。看到周璇的时候,他打量她的表情。

周璇没有让他观察太久,跨出电梯,叮嘱了句"早点回来"。

电梯门关上的前一秒,她听到周景说:"萧哥明晚就回去了。"

周璇回房间洗了个澡。热水往下灌,温度高得让她窒息。

周璇闭上眼,忍不住想起几个月前他在她背后深深地喘息,却也把她搂紧了,不让她掉下去。

她这辈子,只被一个人接住过,也只被一个人捧在手心里那般对待。

周璇把脸埋在手臂里。

年少抛人容易去。

可她被那人爱护了七八年,早就不年少了啊。

时针刚走过深夜十二点,酒店走廊里静悄悄的。

周璇按了门铃,片刻后房间里传来动静,门一开,萧则站在灯光下,他穿着纯棉的灰色居家服,见到她,似乎愣了愣。

他看到她手里拿着的房卡,也看到了她只套了一件长羽绒服,领口处阴影深深的,也看不出穿了多少,便让开了身子,示意她进来。

进屋后，周璇就脱了靴子，脚上竟然连袜子都没穿。

萧则跟在她身后，看着她雪白的脚踩在酒店地毯上，终于忍不住皱眉，快走几步，拉着她的胳膊，将她按坐在床上，然后去找了一双自己的干净袜子，蹲下身捧起她的脚想给她穿上。

"好看吗？"

萧则没听清，"嗯"地应了声，仍低着头。

他的手又暖又大，把她的大半只脚都包住了，感觉两者温度差别太大，他就给她捂着，似乎是想要焐暖了再给她穿袜子。

看到这一幕，周璇忽然用力将人往前推，萧则没有防备往后坐了下来。

周璇面无表情地下了床，跪坐在他腰胯上，这一次问得清清楚楚："那女孩儿的腿，好不好看？"

萧则这才把目光落在她脸上，一只手撑在身后，另一只手托着她："没看清，扫了一眼我就拉黑了。"

他的声音还是低沉柔和的，像是习惯性地安抚。

周璇的手搭在自己的羽绒服拉链上，一口气往下拉，拉到腰往下拉不动了，才扯住羽绒服的两只袖子，让自己整个上半身像果实一样被剥出来，又问了他一次："好看吗？"

从她家到这酒店统共七八百米，她却敢里面什么都不穿，只穿了一件羽绒服，就这么来了。

她就这么走出小区保安亭，到酒店前台开房，前前后后遇到多少人。

思及此，萧则的眼睛里一下就着了火，不管是欲火还是怒火，都让周璇心如火烧。她好像这一刻才彻底心理平衡了，看他终于对她露出了不一样的眼神，不再如白天般让自己看不清，她白得跟玉似的两条手臂往前伸，牢牢钩住他的脖颈，咬上去。

他的唇，他的喉结，他的闷哼，全部她都要，她用命令的语气说："我不许你看别人。"

萧则缓缓坐直，仰着头让周璇啃了一会儿，等她从啃变吻，细细亲吻自己喉结的时候起，他才抬着她的下巴让她看着自己。

两人眼里都清醒，也都有对彼此熟悉的欲望，此刻每一下呼吸都像在嘲弄白天的欲盖弥彰。

周璇顶着他的额头，还有深深凝视的目光。

挨得这样近，两人都有些受不了，睫毛止不住地颤动，幸好这个距离让他们的视线都错开了点儿，改为放在对方的嘴唇上，才不至于显得太狼狈。

萧则垂眸盯着那抹润色，手缓缓从她下巴摩挲上去，刚才她舔他脖子的时候连嘴唇也变得湿润，他忍不住用力，拇指顺着她唇缝抵进去。太燥了，周璇一口咬住。

隔靴止痒的力道，但两人因此缓和不少，气氛也变得更缠绵旖旎，像是有线缠绕在周围，紧密却也透风，松松紧紧，好歹悬在了一个适中的范围。

周璇是憋着一股劲儿来的，但这股劲儿也反作用到自己身上，此刻她心口滚烫，不知道要怎么开口。

是萧则先开的口。

"想好了？"

周璇松开了牙关，他的拇指抵着她的下唇，她只要说话就跟着动。

周璇想回答他，发现嗓子比他还哑。

她知道萧则在问什么，但她这次不怕了，因为她也知道了自己的回答。

她听见自己极为冷静地开口，去说自己从未说过的事："我妈……是我亲生父亲的外遇对象，对方是大家族，他背着所有人在外面养着我们，可惜最后还是被他老婆发现。等我知道的时候已经太晚了，所有糟糕的事情全部集中到了一起爆发——我妈的病，周景的病，还有我的未来……咱俩遇到的时候，是我最遍体鳞伤的时候。"

萧则静静听着。

大概是筋疲力尽，周璇放松下来。她瘫软着身体，让自己完全陷进萧则的怀抱中，右耳听着他沉稳有力的心跳，慢慢说。

"你知道那种……被牢牢绑住，密不透风，又挣脱不掉的感觉吗？"她喃喃道，"那是我第一次直面'爱情'带来的结果。"

她没有再往下说，但萧则却听明白了所有。

萧则还记得，在充满消毒水味的病房门口，周璇木着脸告诉他，她母亲就在楼上 ICU 时候的表情。

这么多年她只字不提父亲，更甚少提到母亲，以萧则的阅历，不是没有想象过最坏的情况，但当他亲耳听她一字一句说出来，用那样淡漠的语气，萧则还是忍不住把手抚上她的后脑勺，轻轻按揉她的后颈。

"我不想变得和她一样。"

安静了不知道多久，周璇突然说出来这么一句话。

像是多年来刻进肺腑的警醒，也像一个朴实无华的恳求和愿望。

萧则轻轻侧首，吻她的额头，回答她："你不会和她一样。"

他的声音和语气都在传递着他的笃定，有种轻易能让人相信的力量。

明明这么多年来，周璇只相信自己。

她闭着眼，感受着湿热的亲吻落到鼻尖上，她在他的心跳声里听见了他想给她的东西。

"我爱你。"

她的眼睛一刹那变得酸胀，但很快就被他的亲吻一点点揉散了。

"因为你给了我资格，我才能这么爱你。"

她把他的前襟揉皱了，可很快她颤抖的手指就被他握住，一点点松开，十指紧扣。

"你不会和她一样，因为这不是枷锁。"

周璇终于睁开了眼睛。

她的眼眶是红的，但她眼也不眨地看着他。

看着他在那么多年里第一次让她看清的露骨深情。

"周璇，你是自由的。"

他要的不是镣铐和包袱，是爱与被爱，是可以并肩而立，是可以

象牙塔

安心走向远方。

爱情不是绑着线的风筝，是鸟和树，是没有绳索仍然会选择飞向你，是没有回报却依然会为你遮风挡雨。

是总在的安心，是不会消失的树荫。

他们都可以是那只鸟，也都可以是那棵树。

她当然不会和别人一样。

因为萧则要的是这个，他也只想给她这个。

这一刻，周璇在萧则的话语中完完全全地放弃了最后的抵抗，他像是用自己的声音给她施了咒语。她想要飞，也想要这棵树。她甘愿被说服。

她死过好几次，可最终都活过来了，命是她自己的，因此任何代价她都付得起。

而且相信他也等于相信自己。

直到萧则抱着她略微有些颤抖的肩膀，问最后一遍——

"要我吗？"

周璇紧紧抱住了他——

"我都给你。"

酒店的地毯不比家里的，萧则全程抱着周璇，不让她坐到地上，体温因这个拥抱而渐热，萧则把她抱了起来，像揣着一个婴儿。

当肌肤触碰到床单的时候，周璇忍不住打了个冷战，她这时候觉得自己完全离不得他。他们细密地吻着，唇齿交缠，一个舌尖绵密又急切地掠夺，一个安抚般给予。周璇紧紧攀着他，恨不得整个人都贴在唯一的热源上。

萧则感受着她的急切，她的黏人，便用她最喜欢的声音安抚她，可细听其实他的语气也变得更低沉，如同擦着火花，下一秒就有燃烧的危险。

但萧则最迷人的地方就是那种清醒的克制，那种她明知不会点燃却又期待看到他失控的感觉才最让周璇受不了。

过程中周璇一直看着天花板，她在潮水般涌来的眩晕感里丢掉了所有的难过。

那种感觉只有萧则能带给她，震撼且无声，让她怀疑自己在经历一次地震或者是一次海啸，最后所有的难受都冲破云霄，那一刻她真正感觉到了释怀，所以最后她含着泪抱住了他。

她抱住了萧则，感受着他的心跳。她第一次这么抱住了一个人。

她也可以是树。

萧则喘息着回吻她，几秒后平复下来，反过来拥住她。

那一刻周璇觉得自己的心一下子就被填满了，她贪恋他给予的每一次怀抱。

让她成瘾的根本不是贪欢的快感。

是他。

等余韵散去，萧则下床给周璇倒了一杯水。这时候周璇已经昏昏欲睡，被抱起来喝了几口，觉得够了就摇摇头。萧则哄她又喝了半杯，才把水杯搁在床头，调了下加湿器，用被子把她裹好。

象牙塔

他们在被子里相拥,周璇靠在他怀里,彻底安心昏睡过去。

萧则仔细看着周璇的睡颜,这样毫无防备的周璇,像鸟一样依偎着自己。

萧则受家庭熏陶,以及自身性格使然,从小到大都没有遇到过多少能让自己失控的事。他习惯把所有事都安排在自己可掌控的舒适区内,因此处事周全、温和理性也成为他人评价他最多的标签。

萧则目前遇到唯一的失控就发生在那个楼梯间。

但只有他自己知道,周璇并非完全的意外。

在遇见周璇之前,萧则不是没有经验的毛头小子,他有过正常的恋情,也有与女人交往的经验,明白什么是原始的吸引。

哪怕一开始周璇在工作中给他的印象并不太好,但毋庸置疑,周璇是一个十分有魅力的女人,她外放的刺与包裹着的那份易碎感轻易就能营造出那样的气场,只要你稍微了解她,就会越陷越深。

或许是因为初见周景时她那不自在的眼神,也或许是之后的接触中,萧则亲眼所见,并且一点一点对她产生了一丝隐晦又纯粹的怜惜,不然他不会放任自己时常出现在周景的病房,他是善良,却不博爱,他有他的私心。

萧则也是从这个岁数过来的,二十一二岁是太敏感脆弱的年纪,他不希望一根稻草就能把她压垮,哪怕她看上去已经伤痕累累。

他在无人知晓的时候一点点把浑身是刺的周璇放进了自己的"安全区",想了解她,也想帮她。

可楼梯间那个吻打乱了一切,那一刻萧则知道,倘若那一瞬间他推开了她,她就会头也不回地去找其他人。

她说着"想要",眼里却全是破碎的颤抖,但同时她也是那么清醒。那一眼里,萧则同样明白了一件事——她选择他,并不是没有理由的,男人与女人之间的气场相投她全都明白。

于是他心甘情愿被那一眼迷了心,搭进去整整八年。

那是她最好的八年,也是他的。

他栽种了一朵险些被风雨摧折的花……

幸好,她还给了他一片花园。

周璇这一觉睡了个天昏地暗,醒来的时候房间还是昏昏暗暗的,让人猜不出来具体时间。

窗帘拉了个严实,只开了床头小灯,橙黄色的灯光,不晃眼。

萧则坐在床头,戴着眼镜正在看周景给自己拿来的书。

从周璇的角度看,他的下颌和鼻翼打下的投影有一种很有味道的英俊,像是民国电影里会有的镜头。

这一刻,周璇好像终于彻底明白了"安心"是什么感觉。

这是她的所有物了。

周璇拉过萧则的手放到嘴边亲了亲,萧则眼睛还停留在文字上,手却顺势包住她的手指,缓缓摩挲,动作再自然不过。

就这么个细节也让周璇意动,她抬了抬头让自己趴在他小腹上,

开口时嗓子很哑，不需要细听都能听出昨晚的放纵："你怎么穿衣服了？"

她睡前记得他还没穿。

半梦半醒的时候，她还能感受到他的体温煨得她浑身发烫。

"中午了。"

洗衣篓里的床单已经被收拾走了，但她还没醒，萧则也没让清洁的进来换。

萧则垂眸和她对视。

周璇或许自己都不知道，此时她的眼神就像一只被疼爱过的猫，风情万种又勾人。

他用手捏住她耳垂细细揉捏，问："不穿衣服你想干什么？"

周璇直勾勾地看着他，手钩住他裤腰边缘又松开。

萧则微微仰起头："饿了没？"

他这副禁欲模样让周璇又爱又恨，可她太了解他，她伤着了他肯定不会再碰她。这么多年来两人在床上虽热烈，可萧则在这方面一直很注意，再怎么情动，一切细节都会做得一丝不苟。他就是这么妥帖的性子，昨晚是他第一次没收住。

思及此，周璇不知为何又有些得意，像是扳回一局。

周璇赤着脚就下床了，从桌上捞起自己穿来的羽绒服，手上的触感冷冰冰的，犹豫了半晌还是不想往身上套，便回头瞅萧则一眼："没衣服。"

萧则跟着下床，走向角落的椅子，上面放着一个袋子，他拿起来递给她："来的时候怎么不想想这个问题？"

他没有谴责之意，昨晚她是为了什么来的，他再清楚不过。

就算一开始有点气，后面也全消了。

周璇不接萧则的话，从袋子里拿出衣服，知道萧则回家给她拿了替换衣物。

她居然这么累，他出门了一趟，她都完全没察觉。

周璇已经饿得前胸贴后背，利落地穿好衣服，催促萧则出门吃饭。

萧则走过来十分自然地牵着她的手，两人出门前，萧则用手指轻轻碰了碰她的眼角。昨晚的放纵让她眼底留下一片青色，不是很明显，只是她皮肤白，才能看出一点，也难免让知情人看了心猿意马。

周璇不明所以，抬头睨了萧则一眼。萧则笑了笑不说话，带着她出门了。

萧则好像比周璇还熟悉这座城市，打车到了一家东北菜馆。这个点已经过了午饭时间，恰好有位置，萧则找了个角落里的软座，让周璇坐里面，两人并排坐。

他们偶尔出门吃饭都这么坐，有萧则挡着，鲜有人能看清周璇的模样。角落的斜对面还是墙壁，也不用担心有人会注意到。

萧则点了三菜一汤，回头瞧见周璇撑着下巴看自己，笑了笑问："怎么？"

周璇说："你那个粉丝怎么回事？"

萧则嘴角笑意更深："不信我？"

"当然不。"周璇知道他在逗自己,"这点自信我还是有的。"

见他似笑非笑地看着自己,周璇又问:"需要帮忙吗?"

"不用。"萧则给她拆碗筷,"她发私信给我不是一两个月了,这半年里我们一直有取证。"

周璇明白了他的意思,点头:"行。"

见他熟练地用热水烫茶杯、碗筷,周璇又很快跳到了另一个话题:"我打算自己投资拍电影。"

"我知道,周景跟我说了。"室内有暖气,萧则脱了外套后把毛衣袖子挽到了手肘,露出的小臂线条结实流畅,看着赏心悦目,也让人十分有安全感,"有困难吗?"

他问得直接,周璇摇头:"我能兜住。"

她问:"你觉得《明日之后》这部作品怎么样?"

萧则的作息一向规律,今早他醒来忙完后就看了四五十章,闻言说:"挺不错。现在'无限流'的市场没有你们想象中差,据我所知,今年的几部同类型IP衍生成绩都不错,目前主要市场还是来自二次元。"

萧则在这个圈子沉浸多年,没有人比他更了解这方面的数据:"二次元圈子粉丝黏性很高,只要是自己喜欢的作品,大多数人都会去支持衍生作品,只要你拍得有诚意,我相信会有很多人愿意买单。"

周璇当然相信他的判断,自从她下定决心后,她的团队也一直在做市场调查和评估,这方面她不担心,但她有一些别的想法:"我问过杜善,《明日之后》的其他版权都还在她自己手里。"

萧则太了解她，她一挑眉看着自己，他就明白了她的意思："这么信任我？"

他低头浅笑的样子，有种十拿九稳的笃定，英俊得让人心悸。

这个老男人真是……

周璇忍不住凑过去，亲了他一口。

周璇心想，这大概就是人类圈地盘的本能，对于自己的所有物，总是忍不住想碰，想确认他的归属。

"我信你，还有你的选人能力。"两人额头抵着额头，气息近乎相融，周璇又道，"这一次我做你的甲方，好不好？"

八年前，周璇在棚里是被萧则指点了一圈仍然不满意的新人。

而如今，她靠在他怀里，用那么笃定而轻哄的语气说要成为他的甲方，她成了可以独当一面的人。

小鸟长大了。

萧则抚摸她的长发，点头。

"你要给，我当然会要。"

想要做一整套IP衍生这个想法周璇一开始就有，等她看完整部作品，便更坚定了决心。

在制作一个不算大众题材的电影之前，抛砖引玉不失为一个十分聪明的办法——简单来说就是利用IP衍生去创造热度，率先培养出忠诚度高、粘性强的目标观众。

这是个很现实的问题，拍任何题材的电影都讲究投资回报率，可

象牙塔

　　这并不代表周璇对作品本身没有自信，相反，她是因为相信这个群体会成为电影最初的"自来水"才会产生这方面的想法。

　　近几年国创出圈的作品在宣发投入方面其实并不大，大部分都依赖于粉丝自发的宣传，团队再在后面推动，节省成本之余又能收获最直观的效果。

　　在这个信息碎片化的时代，有许多作品其实并非不优秀，而是等着被发现。

　　而衍生也需要维持热度，推陈出新是保持新鲜感的最好办法。

　　但二次元用户也不是傻子，除非你把完成度高，也有诚意的作品一部一部亮在他们面前，让他们目不暇接，看得满足，否则他们只会在原著的基础上百般挑剔，最后反而会弄巧成拙。

　　萧则有一句话说得没错，只要你做得足够有诚意，所有观众都会看见，不管是原著粉还是路人，都会愿意为之买单。

　　近几年国漫和中文配音广播剧的崛起让观众们反响热烈，也让这块领域成为资方眼里的大蛋糕。

　　周璇在这方面的嗅觉和了解几乎全来源于萧则。

　　在她还没入行的时候，萧则已经在此浸淫，并且也招纳和培养了一群为这个领域增添声色的志同道合之人。他知道这个领域的观众接受和喜爱的标准，在贴近的同时也凭借着专业素养去征服他们。

　　"月初"不仅是他的公司，也是他在这行亲手给自己打造的口碑。

　　哪怕他们并非这样亲密的关系，光凭实际评估，她相信，"月初"

都会是自己最好的选择。

"等你看完,我们再沟通细节。"

吃完饭,周璇急着回去。

萧则忍俊不禁,终于在她叫人结账的时候忍不住笑出声来,把她一直戳着自己腰间的手包在手心里握紧,问她:"这么着急?"

周璇贴着他的手臂,手指轻轻挠他手心:"你不是今晚的飞机?"

"改签了。"

早上的时候,他就把机票退了,还没买新的。

周璇闻言好像也不意外,挑挑眉,说:"就算这样,年后我也忙,没时间……"

"没时间干什么?"

周璇在盈满烟火气的餐厅中直勾勾地看着他,做了两个直白的口型。

萧则眼里盛着笑意,拇指摩挲着她的手背,然后把她的手揣进外套兜里:"嗯。"

这声"嗯"让周璇心痒难耐。

在等待结账的间隙,周璇接到了周景的电话。周景应该是知道她和谁在一起,所以整整十几个小时都没有来联系她,打电话也十分直接地问:"姐,你们晚上回来吃饭吗?"

周璇看着萧则拿出钱包掏纸币,这年头大家都已经习惯了手机支付,但他还或多或少保留着以前的习惯,但同样也是这种小事让周璇时不时会觉得心动:"饭点回。"

中午已经破天荒地让周景自己解决,他身体情况特殊,不能放着不管。

"不用担心我,萧哥中午给我做饭了。"周景好像知道姐姐在担心什么,高兴地说,"我等你们。"

姐弟俩心连心,不需要周景说,周璇也能明白他为何那么高兴。

无非就是——

这个年还没过完,万家灯火,世间皆是烟火气,他们终于可以团圆了。

Chapter 08
/ 拥吻月光 /

萧则从酒店搬到了周璇家,这一次进门的感觉和以往有些微妙的不同,身份转变后心境好似也跟着变化了很多。

虽然在周璇看来前后并没有太大差别,但萧则进门后听到周景笑着说"咱们一家"的时候,她还是忍不住心里软了一下。

萧则温和地笑着,手抚摸着周景的头。少年的头发长得快,现在是比较长的板寸,摸起来刺手。

但他们都知道,周景是一个从内到外都散发着柔软的人。

周景的检查在明天下午,这一次接洽的机构是一个名为任达的医疗团队,主要做心脏相关疾病的诊疗,在国外只为特殊的高门槛客户服务。

他们今年刚好在国内有重点诊治项目,因此团队重心暂时转移到了国内。换言之,周景得去一个新环境接受检查,后续也要出针对性的手术方案,当然这部分周璇已经跟他之前的主治医生沟通过了。

象牙塔

周璇和萧则没有去问周景害不害怕,他们心照不宣地把他当作一个大人看待,把那些疼爱都化作了柔声细语的呵护。

晚上周璇在周景的房间待了许久,直到他沉沉睡去,她才给周景盖上被子,安静离开。

周璇走进主卧,看见萧则正躺在床上看书,挺拔的上身套着灰黑色打底衫,让人觉得稳重又安心。

周璇躺在萧则身边,侧躺着抱住他的腰。萧则时不时翻动着书页,手指一下一下抚摸着她的后脑勺和后颈。

"睡了?"

"没。"

萧则垂头看她一眼,把书放在床头,关了台灯。

外头的月光很亮,他们只适应了一会儿就能在黑夜中看清对方。周璇感觉自己被拥进了那片海,萧则的声音从头顶传来,不急不缓,洞悉了她所有的心情:"会好的。"

周璇这才闭上了眼睛。

第二天三人起了个早,坐上午九点多的飞机飞 S 市。

这不是周景第一次出省,以前周璇也带他去过其他省做专家会诊,可这次不大一样,如果检查有了结论,他短期内应该不用再回 W 市,甚至可能要出国治疗很长时间。

因此临走前,周景默不作声地把家里每一个角落都看了一遍。

落地后,刘姐派了车来接。

这个年周璇的团队过得并不轻松，早在她回来之前公司所有部门已经全部运作起来了，评估员最早到位，要整理《明日之后》的相关投资报告，这么大一部电影仅靠周璇一个人完全撑起来是不科学的，她的流动资金也没有这么多，后续投资还需要她亲自去拉。

另外还有关于购买版权的事宜，这一方面因为有杜明熙的配合，合约方面谈得很顺利。

这也多亏了杜明熙有远见，早在一开始杜善在网站连载就并未签署作者约，作品的所有权归属少了第三方的介入，预计在年后不久就能走完流程。

萧则在落地后消息也没停过，手机一直在振动。过了没多久，他看了昏昏欲睡的周景一眼，把振动关了，低头处理消息。

周璇让周景靠着自己睡觉，刘姐低声跟她汇报完工作进度就转过头去看手机了。周璇贴着萧则，他也没有避着她，手机屏幕里的聊天记录对她完全敞开。

周璇看了一会儿，皱眉："配音综艺？"

"嗯，开始筹备，各家都在选人。"

这个综艺周璇之前貌似听过风声，是一款主打声音表演的节目，但以她对萧则的了解，觉得他应该不感兴趣，因此当初也没多打听。

近年来类似的综艺不少，还有一些明星配音节目，但收视和口碑都一般，毕竟都有点外行人班门弄斧的意思，吃的都是明星粉丝的红利。

萧则余光瞥见周璇正皱着眉，大概是知道她在想什么，萧则低声给她解释："这次不大一样，参加的都是我们圈子里的人。"

"你要去？"

周璇实在想象不出来萧则上节目的样子。

"这个综艺定档在年底。"他垂眸看她，"要是没有意外，那时候应该是《明日之后》广播剧的播出时间。"

周璇直视着他，明白了他的意思。

她突然很想吻他。

而她一向是想做什么就做的性格，只是肩膀上压着个人，她不好动，只能用眼神示意，红唇轻启，做了一个"吻我"的口型。

萧则忍不住勾起嘴角，低头轻轻印上去。

坐在前排的刘姐透过后视镜看到这一幕，心里"啧"了一声，低头默默把锁上的"公开备案"都翻了出来。

车里还有其他人，萧则只是浅浅地亲了一口。唇分开之后，他继续说："我本来只答应去做最后两期的飞行嘉宾，但导演告诉我原定的常驻导师身体出了问题，下半年不能参加节目，我想这应该是天意。"

这个节目在年前已经联系过他，策划书写得很有诚意，导演也给了承诺，说一定会把中国配音演员最真实的一面呈现给观众，也不会为了噱头恶意剪辑，但萧则始终认为配音这个行当应该更专注幕后，就没答应去做常驻嘉宾。

只是他也不是古板的人，配音走向幕前已经是板上钉钉的事，加上这个节目如果能让更多人喜欢上配音的确是好事，所以他最后松了口，答应去做两期飞行嘉宾。

这样不管节目总体成绩如何，以萧则本身自带的流量和影响力，最后两期收视率都不会太差，导演组也不敢得寸进尺，只能应下来。

可原定的常驻导师因为突然检查出健康问题，只能改变这一年的工作计划，那位导师也是萧则的熟人，亲自来找他帮忙。

配音行业因为圈子小，大家交情也深，加上听了周璇的计划，萧则便顺水推舟地应承了下来。

虽然萧则没说透，但周璇清楚，如果没有她的原因，萧则出于人情应该只会帮忙联系行业内其他资深的、有影响力的配音演员顶替原来的导师。

他从来都是低调的人，现在网络直播风靡，许多配音演员都很勤快地开直播营业，甚至陈楠都会时不时在公司开直播和粉丝唠嗑，但萧则却从来不在录音棚和声展以外的地方露面。

萧则对配音喜欢得很纯粹，坚持得也很纯粹。

都说搞艺术的人本质都很寂寞孤僻，恰巧，萧则就是最耐得住寂寞的那一类人，他低调而谦逊，温和又敏锐，对所有感情都可以完全接纳并理解，他生来就适合干这个。

周璇回想起过往两人相处的八年，他在她完全察觉不到的时候就把她的伤痛全包容了下来，让她习惯了有这么一个人总能托住她。或许她起初选他，也有这个原因在——好像给他什么，他都能接受。

三人直接从机场出发去医院，周景的行李也得先放那边。

落地后周璇和约好的团队专家们打招呼，她英语说得很好，拍过

两部外国电影都是用自己的原声，表述清楚，很多与医疗相关的专业名词也听得懂，都是这些年慢慢学会的。

她在爱的人身上花费了数不清的心思，可不久前还在为自己当初的选择感到亏欠。萧则站在她身侧，一边听着，一边注视着她。

周景换了病号服，这一次他眼神里多了些坚定。他走进无菌室之前回头看了一眼，周璇的手正被另一只大手牵住，明明不是很牢固的牵法，从指关节判断出两人都没有用力，可那纠缠的姿态，却像是连根生长的枝丫，让人感觉到了一种无法形容的密不可分。

周景觉得很踏实，放心地走了进去。

一系列检查做了接近三个小时，结束后哪怕是原本精神还算不错的周景脸上也添了疲惫。详细的分析报告还得等四十八小时才会出结果，有的复杂的单项甚至要更久，主治医生让他们先回去，明天再过来。

他们两人坐上了车。

"这……接下来去哪儿？"刘姐小心翼翼地问。

周璇似乎没考虑过这个问题，愣了愣，但在她回答之前，萧则已经开了口："去我那儿。"

周璇看着他没有说话，刘姐见周璇没意见，就报了地址，让司机开过去。

他们的行李都不多，尤其是周璇，去哪儿都不爱多带东西。

到家后萧则搬出行李，合上后备厢后，十分自然地对刘姐说："麻烦刘姐这几天抽空，去她家收拾些衣服带过来。"

刘姐瞥了周璇一眼。

周璇感受到刘姐的视线，点点头，刘姐这才走了。

"你要跟我一起住？"周璇看他推着两个行李箱，走上前去接过自己的。

萧则没拒绝，空出一只手去牵她，反问道："你不想和我住？"

周璇冷哼一声："是谁把我的东西收拾好还给我的？"

萧则笑了一声，按下电梯："这么记仇？"

周璇不说话，脸上却显示着"分明如此"。

萧则眼里都是笑意，但没马上回应。直到电梯停了，他握着周璇的手让她按指纹，指纹锁发出清脆的提示音，门很快就开了。

两人进门后，他把她抵到墙边，他温热的气息喷在她脸颊旁，她没躲开，直勾勾地和他对视。

"指纹没消，知道为什么吗？"

萧则的唇贴得极近，声音又带着低哄，周璇耳朵有点烫，还是没说话。

但早在按指纹的时候，她心里最后一丝别扭也消失了。

"因为那时候我希望你想走就能走，在没有拘束的前提下认清自己的心，但在我这儿，"萧则的眸暗了下去，"始终希望你能回来，以女主人的身份。"

周璇觉得胸腔渐渐发烫，深吸一口气，她抬起手臂搂着他。

"其实你当时不用害怕，"萧则好像什么都知道，他总是什么都知道，"只要你回头，我就在那儿了。"

象牙塔

"我回来了。"

这句话周璇说得很小声,只让他听见。

萧则低头,和她深吻。

她的口红晕开了一片,也被吃进去不少,两人唇齿间弥漫着一股不怎么香甜的气味,却让他们更加动情。

而周璇分明也感受到,他的吻里,多了许多不同——掠夺、占有……那些极少出现在萧则身上的情绪。

他从前很少这么吻她,大多是回应,除了在床上,他的吻再热烈都透着克制。

可如今不同了,他们都属于彼此。

周璇在他的吻中感受到了灵魂被需要的战栗,他每一次吞咽而牵动的闷响都让她意乱情迷,她觉得自己一定是中了名为"萧则"的蛊,他让她感觉到不被束缚的同时也被需要,这样的爱让坚不可摧的她也能变得柔软。

他们在粗重的喘息声中分离,萧则用拇指蹭着她花掉的口红,低声说:"去洗澡,好好休息一下。"

他们之前没羞没臊地过了几天索取无度的日子,她想要,他就纵着给她,如今回家了,他们往后相处的时间还很长,很多事情都可以慢慢来。

所有事情都会慢慢转向正轨,她和他们。

"嗯。"

萧则年初八开始上班,放假期间堆积的工作一大堆,节后自然忙得脚不沾地,每天都几乎晚上十一点才下班。但哪怕再晚,只要周璇晚饭没着落,他都会回家陪她吃饭,吃完再回去接着工作,反正家也离得近。

而周璇住在萧则家,成天不是往医院就是往工作室跑。幸好他们两家公司离得不算远,开车半个小时就能到,倒没有让她觉得不方便。

周景的身体情况比专家们预料的要好,他们在安排手术的同时开始给周景做各种更详细的身体检测以及调养,以最大程度确保周景在手术时身体处于最适合的状态。

周璇得知这个结果很高兴,同时也更紧张起来。

她花了很多心思和团队一起协调未来两年的档期,《明日之后》的导演、编剧、演员团队的挑选也开始进入了紧锣密鼓的筹备中。

周璇希望能赶在周景手术前完成所有的前期工作,那样正好可以空出一段时间参与他的术后复健,所以这小半个月都忙得不见人。

这个圈子的风声传得很快,不消多时,业内的人都知道了周璇在筹拍新电影。杜善所连载的小说平台也登记显示了《明日之后》的各项版权以高价卖给了周璇工作室,因此业内打探的人也多了起来。

周景看周璇忙得不见人影,知道她一旦做了决定就不会轻易更改,也不多劝,只发微信给他萧哥,让萧哥盯紧姐姐好好休息。

萧则每次都会回一句"放心"。

这天是周六,周璇和一位投资商聊完,好不容易抽时间去了趟医院,不承想意外看见一个人。

象牙塔

"小善?"

周璇进病房的时候,看见杜善坐在角落的长沙发一角,茶几上摆着笔记本电脑,她正安安静静地在敲着字,而床上的周景手里捧着书认真地看,两人谁也没说话,可画面看着却十分和谐。

杜善的脸颊被地暖熏得微红,不施粉黛的脸呈现出十分健康的肤色。见周璇走进来,她站了起来,乖乖喊人,丝毫不见局促。

倒是周景,见姐姐过来,眼神还有点不自然,眼珠子骨碌碌地转着。

"姐。"

周璇:"你们……"

杜善微微笑了:"我来探病。"她指了指床头柜上一束插好的洋桔梗,"我都来四五天啦,才碰着您。"

起初的诧异过去后,周璇压下了心头的微动:"谢谢你来陪小景。"

杜善说:"我本来也没什么事,这里环境真好。"

"你喜欢可以经常来。"

周璇本来还想多陪陪周景,见杜善在也没多留。从她进病房之后周景都不怎么说话,她虽然没说但心里也知道弟弟在害羞,因此她给周景的柜子里添上几件新衣服后,又待了半个小时就离开了。

小周在保姆车上等着周璇,见周璇上车,疑惑地问:"璇姐,怎么这么快出来了?"

平时少说也要陪一个多小时。

周璇有点走神,坐在靠窗的位置,过了片刻摇摇头,没有回答,但嘴角勾了起来,看上去心情不错。

小周见状也没再问了,让司机开车回萧则家。

到家的时候才下午五点多,离萧则下班回来吃饭还有大半个小时。车子到了地下车库,周璇和小周道别,自己拎着包上楼。

这个点萧则应该在棚里,他们配音演员没有什么周六周日,有工作的时候节假日都不能休息,所以周璇也没有给他发消息。

平时两人还是和之前一样,大部分时间互不打扰。

和萧则确认关系后,周璇发现了一件事,就是所谓的恋爱关系并不会让双方特意切换到会专门为了对方考虑很多的状态。

他们和其他情侣之间最大的不同就是他们不会太主动联系对方,或者要求对方有所回应,偶尔发过去的消息也更像是一种告知,忙起来偶尔忘记回复也无关痛痒。

度过了刚确认关系的适应期,他们很快又回归到了属于自己的生活和工作节奏中。

或许有一点不同就是他们会在每一个夜里更自然而然地挨紧、接吻、没有任何负担地去做亲密的事。

倒不是说在之前的七八年里周璇和萧则亲密时心里会有包袱,但不可否认那时的她的确是抱着"及时行乐"的心态去面对这段关系,心里知道会有结束的一天,因此每一次都倾尽全力。

如今周璇更多地把它当作一份不会消失的馈赠,不管这段关系最后会是什么样的结果,两人都不约而同地结束了博弈,回归到了再日常不过的水乳交融。

象牙塔

或许是进门的时候,周璇还在思考周景和杜善的事儿,以至于她没有第一时间发现家里的不对劲。等换了鞋看向客厅已经晚了,下一秒她和一对年长的夫妇相互对视,彼此脸上都藏不住惊讶。

几乎是看到他们的一瞬间周璇就意识到了对方是萧则的父母,萧则的五官和他母亲长得有四五成相似,气质也和面前这对夫妻相差不离。

等反应过来后,周璇瞬间脊背绷紧,下意识站直了些,犹豫片刻喊了声"叔叔阿姨"。

对方明显也吓了一跳,原本想着难得空闲一个周六来给儿子做顿饭,突然指纹锁自己开了,进来一个大美人。

对于萧则的感情生活,两位当爹妈的从不多问,可不妨碍他们活了大半辈子很快就从对方有些紧张的神情中猜测出来是怎么回事,毕竟对方是直接按了指纹锁进来的。

先反应过来的是萧夫人,她露出一个温和的笑,适时让周璇放松了下来:"你好,我是萧则的母亲。"

周璇这才听到厨房传来什么东西煮沸的声音,萧夫人说:"我给萧则发了消息说今天来给他做饭,可他没告诉我……"

熬煮的汤要调火候,萧夫人不得不边笑着往厨房走去,边对周璇说:"都赖他,你……"

周璇立刻接上:"我叫周璇,阿姨叫我小璇就行。"

"好,小璇。"萧夫人眼里都是笑,"刚下班?进去换个衣服?"

"好的。"周璇头皮发麻，转身又向不知道该说什么的萧父打了个招呼，之后快步走向主卧，锁了门。

她现在万分后悔自己为什么没有给萧则发消息。

周璇深吸一口气，让自己保持冷静，一边思考外头的两位长辈会不会知道自己的身份，毕竟这些年她接的代言广告不需要上网也能看到，一边拨通了萧则的电话，没想到萧则居然接了。

"你爸妈来了，你赶紧回来。"

她不想去问他是不是故意的，只想让他回来处理这个突发场面，同时也有点不好意思承认，她一个见识过许多大场面的人居然也有因为"见家长"而不知所措的一天。

方才太早下定义了，恋爱关系还是给她的生活带来了很多不同，以前她就从没遇到过这种情况，她也相信以萧则的性格，他的父母绝对不会想到他们曾经是多么"离经叛道"的关系。

既来之则安之，也不能对长辈置之不理，周璇火速换了一身衣服，走出房间。

萧夫人在给汤调味，厨房的推拉门一打开，就闻见了很浓郁的香气。

周璇了解自己的厨艺水平，所以并没有开口询问是否需要帮忙。

倒是从厨房出来的萧夫人看见了她，十分熟络地拉过她的手在沙发上坐下来："小璇，坐。"

萧则挂了电话后就提前下班从公司赶回来，一开门，就看见周璇坐在单人沙发上，母亲在厨房忙碌，父亲正在沏茶。

象牙塔

他放慢了动作,把围巾挂在一边,换鞋走进去,叫了一声"爸、妈":"你们来之前也不跟我先确认一下。"

萧则一进门就先摆脱了自己的"嫌疑",表示自己对此的确不知情。周璇余光扫他一眼,转头接过萧父倒的茶,他们似乎聊了一阵了,气氛没有刚开始那么尴尬。

萧夫人闻言走出来,憋着一脸笑,开口却是道歉:"你忙起来不回消息,我们都习惯了就自作主张过来了。这次是我们不好,下次会注意的。"

周璇连忙说:"阿姨您别这么说……今天是意外。"

最后倒是萧则把责任全揽了下来。他揽住母亲的肩膀往客厅走,工作一天脸上也不见疲惫:"是我的错,没有提前告诉你们。"他郑重地补上了介绍,"这是周璇,我的……女朋友。"

就快三十六岁的男人说出这句"女朋友",自己都忍不住笑了。

萧夫人见他这模样,拍了他一下:"不正经。"

周璇发挥了自己拍戏时的本领,脸不红心不跳当没听见。

在一边一直没怎么说话的萧父这时候咳了一声,三两句把这母子俩的打趣兜过去了,似乎对这一套很是熟练。

吃饭的时候,一桌子人聊的内容也很轻松,两位老中医都是温文尔雅的人,说话做事都讲究礼貌分寸,萧则能长成这样也不全是自己的功劳,多的是耳濡目染。

他们问得最多的就是这阵子忙什么,老一辈的人,对一些新兴的项目不了解,却阻止不了他们关心。

他们二老都知道周璇的身份，她进门没一会儿，他们就反应过来了。毕竟周璇的大浓颜辨识度太强，名气也大。

虽然他们几乎没怎么看过周璇的作品，也不怎么关心娱乐圈，但多多少少从一些电视广告上见过她，他们也大概了解萧则的工作范畴，自己的儿子认识明星不是什么奇特的事，所以很快就接受了。

两位长辈是体贴人，吃完饭就要走了，说遛个弯回去。

周璇不放心，想要送他们，被萧则抱住腰拦下来："没事，他们去找我小姨了，她会送他们回去的。"

人一走周璇就拍开了他的手，转身进浴室放水准备洗澡。萧则进来的时候，周璇在试水温，被从身后抱住，她睨了他一眼，语气冷淡："干什么？"

萧则闷声笑了，埋首在她脖颈，高挺的鼻梁顶着她耳后："我真没看见我爸妈的消息。"

周璇当然知道他不会说谎，但就是有点气，这第一次见面也太突然了，她什么都没准备。

热水渐渐漫了上来，浴室里的温度也在上升，萧则从她耳郭往下亲，带着哄。

"我也希望第一次见面，是在我们都准备好的那一天。"他撩开她的领口，亲到突起的琵琶骨，嗓子像沾了雾气，低沉且湿润，"那我就可以对他们介绍，你是我的爱人。"

爱人，是更郑重，也更特殊的词。

周璇侧过头去："你现在就可以这么说。"

象牙塔

周璇不喜欢他说"都准备好",早在那天晚上,她就已经准备好了。

准备好了会在某一天,见他的家人、朋友、同事、后辈……她的弟弟已经是他的弟弟,如果他愿意,她也会带着他见圈内的好友与老师。

他给了她最大限度的自由,她也想给他最大限度……与她人生纠缠的自由。

对于周璇见家长这事儿,估计是萧则私下和周景聊天时无意透露,周景对此乐得不行,有一次周璇去医院少年没忍住泄了话,还笑得一脸揶揄,周璇郁闷得不想理他。

现在周景和萧则的关系是越来越好了,两个人私下成天聊,比姐弟两人私下话还多。

有时候听别人说兄弟俩小时候会常常打架,长大了反而会变得亲近,或许是因为他们家里比较特殊,周景从小身边没有同性的长辈可以倾诉,青春期也是那么平静无波地度过了,导致他性格比较内向安静。

如今有了萧则,他的性格肉眼可见地变得活泼起来。

男人间的情谊很奇妙,周璇虽然郁闷,但也没怎么过问他们的事。

接下来半个月,周璇的团队走完了版权签署流程,开始进行导演和制作团队的挑选。

对《明日之后》感兴趣的导演很多:一来这是周璇首次作为制片与主演参与的电影;二来这个项目声称投资到位,经费充足;三则是因为这个题材在国内电影史上算是头一遭，大家都有点跃跃欲试，纷纷自荐。

最终筛选出来的只有六个团队，周璇带着杜善和六位导演都见了一面，最终两人同时敲定了在玄幻及恐怖电影里口碑很好的文嘉诚导演。

文导擅长拍的一直是偏向由国内本土化故事改编的灵异与恐怖题材，他的作品声音画面生动逼真，很讲究身临其境感，几部代表作品在国际上也备受赞誉。

文导是一个将近五十岁、身形偏瘦的男人，留着一把络腮胡却不显得粗犷，行为举止十分有范儿，看起来不像个导演更像是一个艺术家。

其实周璇与文导来往并不多，只观摩过他的几部代表作品，毕竟她对这类题材涉猎不多。电影也是分圈子的，所以一开始收到文导的自荐时周璇还觉得有些诧异，但在六个导演里，文导是最先打动她和杜善的一位。

见面时文导带来了一个牛皮纸的文件袋，封口和勒带都十分讲究。坐下聊了几句后，对方打开袋子，把里面的美术图稿递给了她们。

杜善愣住了，她翻看着手稿，眼神变得认真起来。

文导看着两位比自己年轻的女人笑了笑，不是志在必得的，而是充满了欣赏与赞誉。他观察着杜善的表情，似乎在等待反馈，直到她们看完，才对杜善说："我其实是你的书迷。"

杜善没有被吓到，在看到图稿的时候，她就已经心知肚明。

象牙塔

因为里面的一些分镜和效果图的右上角标注了她多年来一直在微博小号发的讲解手绘图稿。

《明日之后》的世界观构造得十分庞大，为了让读者更容易明白，杜善经常会在微博大号以及小号发布一些直观的说明和设定讲解，大到手绘的星系地图，小到一些城市街道的构造。

比起大号，在小号发的东西会更深入，但进阶性很强，只有一些老读者和考究党喜欢看，粉丝并不算多。

文导说："当年这部作品开始连载的时候，我就已经关注了。说起来我也算是资深书迷，而且在你写第二部的时候我就知道，你所呈现出来的世界终究会被大家看见。原谅我自作主张弄了这些，我是一个导演，留下脑子里让自己兴奋的画面是我的本能，所以我让我的团队创作了这些。哪怕最后这些画面并非由我的团队呈现，我也希望站在读者的角度，为我能阅读这部作品留下点纪念。"

"它引起了我的共鸣。"

说到这个，文导似乎有些感慨："一直以来我都不太喜欢拍这种题材，不是因为我不喜欢，相反，是太喜欢了，但一直碰不上让我心动的本子。国内外这些都玩烂了，要么就缺乏逻辑性，要么就太套路让人没有新鲜感，这一两年好多了，偶尔会冒出几本有灵气的，但都缺了点儿机遇。"

文导不抽烟，身上气味干净，也不碰酒，说话的时候语速偏慢，显得他的发言都经过了深思熟虑。

"如果你愿意把这本书交给我，我向你保证，一定会倾尽所能去呈现。"他的话不多,却每一句都说到点子上了,最后他给出了自己的承诺,"我考虑过,这部作品大概可以拍五部,你们可以先签第一部,我也接受对赌协议。相信我,它会变成一个很经典的系列。这不是我对自己能力有信心,而是这部作品可以,也拥有能与国外那些作品叫板的实力。"

周璇没有当即表态,表示需要时间考虑。文导对此表示十分理解,吃完饭就先离开了。他的这份图稿并没有带走,这只是一份复印件,他把这些都赠送给了杜善。

后来又见了两位导演,这时候周璇已经可以大概确认杜善的选择,没有创作者会不被文导这样的诚意打动。

《明日之后》的主创团队就这样初步确定了下来,在那之后没多久,周璇收到了周景万的会面邀请。

对方通过刘姐把信息转达给她。

周璇当时正站在医院走廊上,面对刘姐的小心询问,周璇回答她:"告诉他,以后我们都没有见面的必要,也请他不要再来打扰我的生活。"

周景的机票订在大后天,最终医疗团队评估手术和术后恢复的条件仍然是国外占优,这一次手术成功率有百分之六十以上,已经是这么多年来周璇听过的最高数值。

周璇最近忙得脚不沾地已经把能安排的都安排妥当,要陪着一起过去。

象牙塔

周景万的这通电话迟早会来，事实上他也的确沉得住气，一直到周璇已经定下了与他打擂台的团队才来联系她。

但周璇已经对他的打算不感兴趣，从此以后他是死是活，是忏悔还是为了他的意难平，都与她无关。

挂了电话，周璇回房间，面不改色地坐在床头，拨弄周景的寸头。

为了手术，他这次把头发剃得很短，摸起来绒绒的。

"离开前有没有想见的人？"

这一趟出去，如果顺利，周景要在那边待半年。

如果不顺利……

周景抬头看她，挑了挑眉。

周璇笑了笑："杜善这几天怎么都没来？"

她在调侃他。

周景也跟着笑了，一开始他在周璇面前还会有些不自在，现在已经对姐姐时不时的调侃习以为常。

杜善对周景的想法简直就差写在脸上。真新鲜，周景长这么大，周璇和他都是头一回碰见对他感兴趣的女孩。

周景闭上眼睛感受着周璇的手指在他的脑袋上划来划去，说："我让她别来，她签证到期了，最近在忙着补签，说之后会来看我。"

周璇"嗯"了一声，表示知道了。

她问："害不害怕？"

"不怕，姐也不要怕。"

周景说这句话的时候语气很平静。周璇注视着他，忽然发现从这个角度看过去,周景的肩膀似乎比以前宽了不少。

少年像抽了枝的树苗,不知不觉间已经蹿成了大人的模样,哪怕仍旧纤瘦,却比以往更加挺拔。

周景握住了周璇的手。

"在这个世界上,我只有你一个亲人,把你交给谁我其实都不太放心,哪怕萧哥对你那么好,我有时候也会担心你这脾气,倔起来和他吵架了该怎么办,也没个人可以帮着你无理取闹。"周景的手和他的身板一样纤细,可作为男性,手掌仍旧比周璇宽大,能把她的手裹在掌心里,"所以我会活得更久,更健康,会一直陪着你,所以姐不用怕。"

周璇反握住他的手:"行。"

萧则今年接了那个综艺,在原本就忙的录音档期上又增加了接洽和审台本的工作,因此更是每天都抽不开身。但到周景出发那天,他还是起了大早,亲自载着他们姐弟去了机场。

这是他们确认关系后的第一次分别,双方心情都很平静,萧则没特意对周璇嘱咐什么,只是这一次他没有把人送到机场就离开,而是跟着一起去了检票口。

周景体贴地跟着小周先去检票了,留下他们说会儿话。

周璇戴着帽子、墨镜、口罩,做了一个简单粗暴的伪装,可因为她和萧则的身形站在一起有些显眼,周围的人总是时不时瞟他们两眼。他们不是没有注意到那些目光,可彼此都不为所动。

周璇对他说:"过阵子我就回来,有什么事打我电话。"

萧则跟着她一起慢慢向检票口走:"好。"

"如果联系不上我就打小周的电话,或者找刘姐。"

"行。"

周璇睨他一眼:"……你没有别的要说?"

萧则低笑,这时候有一对情侣正往这边小跑,似乎很着急,萧则把她拉到怀里,让她避开了那对猛地冲过来的情侣。

周璇"啧"了一声,似乎想推开他转身就走。萧则察觉到她的动作,抱紧了她。

"会顺利的。"他把周璇藏进了大衣里,在人来人往的机场搂住她的腰,吻落在她帽子上,"不用想我。"

他们就像世间所有的情侣一样说着口是心非的情话,就连告别都盈满让人心动的泡沫。

飞机起飞的时候,周璇透过窗户看着外头飞速往后退的路面,一阵炫目后画面慢慢过渡到澄澈的天空。

这么多年的飞行,她似乎早已习惯独自一人,不管从哪里出发,目的地在哪儿,都不重要,重要的是最终的收获,她眼里只有前方的风景,以及要征服的目标。

可原来,有归属感的前进,感觉是完全不同的。

"不舍得我萧哥啦?"

身旁,周景凑过来乐呵呵地问。

周璇靠在椅背上,是一个完全放松而舒缓的姿势,闻言她思索片刻,说:"好像……也没有。"

她并没有舍不得他,只是觉得……

周景看她这样,笑也变得温柔:"姐,有萧哥在真好。"

"嗯。"

万里晴空,周璇头一次觉得内心如此安定,似乎是一个好兆头,让她觉得这趟旅程会十分顺利。

周璇出国的这半个月,萧则的微博私信箱里除了粉丝的惯例问候,猛地多出来一些和配音圈无关的内容。

请问周璇在机场拥抱的是你吗?

你是周璇的秘密情人?

勾搭粉丝是真的吗?麻烦回应下。

…………

诸如此类的私信每天都有,所幸萧则原本就不怎么用微博,注意到有类似的消息后就再没怎么看了。

虽说周璇私底下明令粉丝与其保持距离,但当日毕竟是在公众场合,肯定有不少认出周璇并且忍不住拍照的粉丝。周璇的名气摆在那儿,哪怕有公关团队控制,舆论也多多少少传开了。

那天萧则戴着口罩,没有做过多的伪装,因此被偷拍到的照片中男人长身玉立,光身形和气质就足够优秀,站在周璇身边没有一丝违和感。

象牙塔

有许多吃瓜路人为了满足好奇心深扒，没想到还真有不少人扒到了萧则的微博。大家都没想到周璇的男友不仅是半个圈外人，还是个配音演员。

这些事萧则都没有跟周璇提过，虽然周璇的团队会定期给她汇报，但两人偶尔联系时周璇也未说过这事儿。

萧则随遇而安，日子过得依旧不急不缓。

反倒是公司一些年轻的同事，这些日子看他们老板的眼神都不大对。

在配音公司工作的也不全都是二次元宅男宅女，追星的也有很多，私下里看了下照片心里有了底，但好歹没敢跟自己的老板当面提。

萧则知道这群小孩猴精着呢，看到对象是周璇估计早猜得八九不离十，只是在周璇的态度没明确之前，他对所有人试探的目光都选择了无视，任由他们私底下脑补。

只是有一个人他没法躲开。

陈楠今晚约了他吃饭，就哥俩，找了家居酒屋挑了个两边都没人的座儿。

刚点完餐，对方就直直地看向他："说吧，怎么回事？"

萧则喝了一口茶，坦然承认："是真的。"

"不会吧！"

刚吼完一嗓子，陈楠顿时收住了，又贼兮兮地改为小声问："什么时候的事儿？"

萧则细数了一下："今年应该是第八年。"

话音刚落，萧则就瞧见陈楠做了个夸张的深呼吸。陈楠下意识做了一个找烟的动作，找了一半才记起来自己在戒烟，烦躁地挠挠头，用手指点了点萧则："你真行，这都瞒我。"

既然话说开了，萧则也坦荡："我们之前也不是能告诉别人的关系。"

"那现在又能了？"

萧则想起之前周璇对自己说的话，笑了笑："她说能就能。"

哪怕是兄弟，陈楠也很少见过萧则这样的表情，很放松，也很自得。

"……你也不亏，人家是双金影后。"

"嗯，是我赚了。"萧则不想多聊自己的感情，只是给最好的兄弟一个交代，这点关系再瞒着也说不过去，坦诚后便赶紧打发了他，"等她有空我们再一起请你吃饭，其他的你就少操心了。"

"那别人问起来呢？"

"不管。"

"粉丝都给发你私信了，别以为我不知道。"

"不用管，她有专业的公关团队，交给她处理就行。"

陈楠这才有了一些自己的弟妹是个大明星的实感。

但奇怪的是，知道事实后他并没有意外太久，短暂震惊过后，他发现自己很快就接受了这个看似有些离谱的事实。

或许是因为，在他看来，那么多和萧则有来往的工作对象里，只有周璇能够得上那么一点被萧则"特殊对待"。

不管是带着她去食堂吃饭也好，还是多年来对她项目的亲力亲

象牙塔

为，别人可能感觉不出来，他和萧则来往了那么多年，总归能瞧出一些端倪。

只是之前他一直以为这是出于萧则对周璇有一些绅士般的好感，毕竟对他们这些人来说，周璇仿佛就是活在另一个世界的人，而萧则那么冷静克己的人，不会不明白。

却没想到他们早就暗度陈仓了。

"……行，揭过吧。"陈楠在上菜之前还不忘感慨一句，"憋还是你能憋。"

这要是换了除萧则以外的任何人，八年都能不透露一点口风，是根本不可能的事。

不过再换过来想，这事安在萧则身上，一切又都很顺理成章，从某种方面来看，他们确实是彼此最优选。

Chapter 09
/ 温润有声 /

周景这次介入手术进行得很顺利。

任达作为国际知名机构,设备先进、经验丰富,加上手术前配比情况也很乐观,因此手术最后有惊无险,结果比预想情况更好。

术后主刀医生告诉周璇,只要定期做检查和坚持做康复练习,并且留意后续并发症等问题,周景会大大降低之前心脏中存在的风险。

这表示周景未来会有更大的概率能像一个正常人般生活。

手术成功的当天,萧则正在家里陪父母,挂了电话后,他重新去看自己煮的汤。

母亲就倚靠在门边,接电话之前他们母子刚好在唠嗑,见他挂了电话,母亲笑了笑:"是你的小女朋友?"

"小女朋友"这个称呼让萧则嘴边的笑意更深:"嗯。"

这还是在那天见面后萧则主动应下这个话题,萧母来了精神,顺势问:"聊什么呢?"

"她有个弟弟，患有先天心脏病，前阵子去了国外做手术，刚下手术台，过程很顺利。"

闻言萧母的表情认真了不少："那挺好。孩子多大？要跑到国外去做手术，情况应该不算太好？"

"二十岁的小伙子。"萧则看到母亲的表情，手伸过去拍了拍她的肩膀，"长得俊，您肯定也喜欢。"

萧母听出来了他不愿意纠结这个话题，老人家爱操心，说多了母亲该睡不好觉了。

萧母也懂儿子的贴心，便也不多问，点点头说："术后恢复得慢慢调理，心脏的问题都不是小问题，要是允许，我也可以用汤药给他补。"

"谢谢妈。"

萧母瞥了他一眼，见自己的儿子难得低眉顺眼，忍不住调侃两句："这谢谢说得顺溜，人家愿意和你过一辈子吗？你就谢上了。"

"不管她愿不愿意，和我在一起的时候，您也得多费心不是？"萧则说得很自然，"他们姐弟俩不容易，很早就没了爸妈，这些年……我是看着他们过来的，也说过会一直对她好。

"您知道我的，没把握的话我从来不说，但我既然承诺了，就能做到底。我不知道以后的事怎么样，但只要她和我在一起一天，我就负责一天。"

萧则成年之后，很少再跟父母掏心说一些郑重的话，他们夫妻两人似乎都习惯了孩子的早熟，很早就放任他自由选择人生，不管他做出什么样的选择都没有质疑过。

萧则这话说得面面俱到，不仅明确直白地表达了自己的决心，也让萧母心里有个底，该避着的话题以后避着，不用因为觉得未来没准的事儿而对对方有所保留，更不用给周璇太多压力，能不能走到最后他并不强求。

萧母顿时就明白了，周璇在自己儿子心里，分量很重。

"知道了，我也会跟你爸说的。"

既然儿子那么正经地和她谈以后，萧母也很认真地回道："你自己有数，我和你爸肯定都会支持你。既然喜欢，那就对人家好。我从小就跟你说过要对自己的选择负责，你也从没让我操心过。别人都说男人都应该成家立业，但我一点儿也不操心你的终身大事。谁要怎么过，和谁过一辈子那都是自己的选择，你只要自己过得开心，问心无愧就行了。"

萧则抱了抱母亲："谢谢妈。"

因为两国之间有时差，之后周景复健的一个多月里萧则和周璇几乎是完全断了联系，周璇在那边远程和公司对接也十分忙碌，两人甚至连早安、晚安都没怎么发过。

只是萧则已经习惯了把周璇所在城市的天气预报挂在手机上，每天睡前看一眼。

关于机场那件事，最终周璇的团队并没有选择一刀切全部压下去，在粉丝的猜测和双方都没有回应中，这个热度很快就自然而然

降了下去。

人们对这个话题的讨论甚至慢慢过渡到周璇这个年纪也该谈恋爱了这件事上,而萧则的粉丝则更多是一种"只要正主没承认那就不是本人"的态度。毕竟萧则这边"女友粉"也挺多的,加上二次元圈子和娱乐圈粉丝之间本来就有"壁",两边都不愿意相互牵扯,一时之间反倒是维持在互不打扰的状态。

当然,两边脱粉的也不少,微博广场上时不时就会冒出一些取关言论。偶尔被陈楠看到,他就会阴阳怪气地上来嘲笑萧则,毕竟周璇出国了这事儿稍微关注一下就知道。这对情侣快两个多月没见了,陈楠可没忘去年年终彩排时萧则每天准时下班回家陪周璇的事儿,便一边酸一边幸灾乐祸。

萧则每天雷打不动地过着自己的日子,和那档配音综艺也敲定了最后的剧本,就等着最后官宣了。

某天傍晚,萧则刚结束配音工作从棚里出来,手机突然弹出微信消息。

他拿起来看了一眼,身边的录音师和他一起出来的,见状不禁问:"萧哥,怎么了?"

萧则笑着把手机揣回兜里:"没事,辛苦了。"

萧则回到自己的办公室,把资料放下,拿起剩下的水喝完,随后收拾了一下办公桌,穿上外套,下班。

如同他一直平淡的每一天。

只是当他来到门口的停车位,看到那抹高挑的身影时,终于笑了。

"快点开门,冷死了!"

似曾相识的对话,上一次听周璇说这话好像还在不久之前,可那会儿已经入冬了,而如今已是五月,S市只剩一点春寒,只有早晚气温会低一些。

萧则今天穿了一件灰色长袖衬衣,外面套了一款薄款黑色外套,看起来清爽也显年轻。

萧则开了车锁,周璇立刻开门往上跳。萧则转身坐上驾驶座,刚关上车门,后头伸来一只手,直接把他拽回头——

一股香味冲进了怀里,周璇吻住了他。

"想我了没?"她的唇抵着他,趁着喘息的片刻压低嗓音问他。

萧则按下了锁车的按钮,回过身来把她搂紧,与她接了一个很长的吻。

他的吻法十分煽情,绵长而具有男性的进攻力,在周璇张开嘴迎接的时候堵了进去,细密地纠缠,唇舌间止不住地溢出声音。

周璇双手搂着他的脖子,直到两个人都气喘吁吁才松开。

她的脸颊被一只大手轻轻摩挲,似乎在感受她脸颊的温度,手的主人问:"感受到了吗?"

周璇"嗯"了一声,又亲了他一口:"快回家。"

"家里只有面和饺子。"

萧则又笑了。

连周璇都想到了那天,但她没在意,咬了咬下唇,挑衅地对他说:"没关系,明天我不走……"

她凑到他耳边:"我比较想吃你。"

下车后,萧则十分自然地和周璇牵起手。

地下停车场虽说没几个人,但总归有被人看到的风险,以前两人都是默契地分开走,可如今他们已经不需要再顾虑人群。

彼此之间有着心知肚明的坦荡,就像此刻哪怕两人都心猿意马,脸上的笑容都是相似的淡然,远远看去甚至像是一对年轻夫妻。

这时一个女孩突然从一个转角走出来,她戴着口罩,只能看到一头鬈发被染成棕色,年纪看着不大。

不知道她在停车场哪个角落等了多久,出现得毫无预兆,一双眼睛死死盯着两人交握的手,哪怕挡了半张脸看上去情绪也不太对劲。

萧则和周璇不约而同地停了下来,萧则停在周璇前半个身位,微蹙了眉。

女孩没有说话。

倒是周璇打量了女孩一会儿,才越过萧则往前走了一步,目光微冷,语气带着笃定:"你不是我的粉丝吧?"

女孩听见周璇的话,一瞬间眼里染上几分怨毒,却没有看她,只盯着萧则:"萧老师,你们是在谈恋爱吗?"

几乎是周璇一开口,萧则就明白了她的意思。

其实从女孩出现开始,萧则心里就已经有了底,他没有回答对方的问题,反问:"你是周晴吗?"

亲耳听到萧则念自己的名字,周晴心情似乎很复杂,却没有否认,而是轻声说:"萧老师,我……"

"请不要这么叫我。"萧则眼神微冷,"关于你的事,'月初'已经在走法律程序,这几天应该就会下达文书,所有对接我都授权了律师处理,所以你不需要跟我解释什么。还有,你为什么会知道我住在这里?调查我,还是跟踪我?"

成年男人沉下脸的模样本就容易让人害怕,何况对方是一贯不怒自威的萧则,他只是站在原地,那一声声平静的质问就已经让人心颤。

周晴双手紧握,闻言有些激动,连忙说:"我是你的粉丝!我们都是这么叫你的!"

周晴情绪激动下根本没有回答萧则的问题,或许她只是下意识逃避了,但萧则不想理会她的自我感动,更不允许她答非所问:"你是怎么知道我住这里的?"

周晴看着年纪不大,却能一而再再而三地找到他的微信号和手机号,如今甚至都蹲守在家门口。如果此刻不是他身旁有人,周晴出了什么状况,他有口难言。

抛开别的不说,一个年轻女孩在这种情况下来找一个成年男人,本身这种举动就是不恰当的,还很容易发生危险。

眼看着周晴发着抖说不出话,周璇却没有那么好的脾气与耐心,她在娱乐圈碰见过太多这种情况,因此拿起手机看向萧则:"报警?"

萧则依旧沉着脸,闻言从衣服口袋拿出手机:"我来。"

不管怎么说,周晴年纪不大,这件事牵扯到对方监护人,只能交给警察处理。

周璇点头，却没放下手机，转过身去联系了刘姐。

萧则简单地报了警，期间周晴终于把目光放在了周璇身上，眼神恶毒、怨恨，看得萧则皱起了眉。

挂了电话，周晴突然说："报警就报警，我什么都没有做，警察也不能拿我怎么样。可你们……就一点都不怕曝光？"

周晴深吸一口气："你是周璇吧？我知道你，靠潜规则上位的花瓶，你这样的人，怎么能配得上萧老师？你知道这阵子因为你给萧老师带来多大的麻烦吗？你的粉丝都在网暴他你知道吗？"

周璇挂了电话，回头看她："那又怎么样？"

周晴似乎没想到周璇会这么回答，瞪大眼睛，一脸不可思议："萧老师和你这种人不一样！他在圈子里没有任何黑点！现在因为你而被那么多人骂！你……你一点都不羞愧吗？"

周璇歪了歪头："他和我在一起，被人骂我会负责。你在网上造谣他和你发生关系，怎么，你是想对他负责？"

周璇的话说得直白，未加任何修饰，听得周晴脸先是一红再是一白。

她似乎这时候才开始慌张，忙看向萧则，试图解释："我不是……我只是……我当时只是有点生气，因为你删了我微信……我给你送了手机，你明明收了，为什么又把我删了……"

萧则从不收粉丝礼物，顶多只会收手写信。听到周晴的话，萧则这才隐约想起来，眼前的女孩似乎去过他不少线下见面会，可现场带礼物的粉丝数量不少，他没有第一时间想起来。

会突然有印象是因为他记得就在去年年初有一场声优见面会,有一个女孩被工作人员带到了后台送礼物。这种情况往常不是没有过,追线下的女孩有一些家庭条件殷实,有时候会拜托工作人员把自己带到后台送礼物。

别人萧则管不着,但他对这种行为是一律阻止的。

他记得当时那个女孩像是把一个电子产品的包装礼盒放到了他的化妆桌上,然而下一秒他就冷下脸让旁边的工作人员过来处理了,甚至都没有直接和对方对话。如今细细回忆,那个女孩的发型和身材倒是和眼前的周晴有一些相似。

萧则从周晴的话里大概猜出来是怎么回事,这下连眼神都冷了下来:"你说我收了你送的手机?是去年的声优见面会上吗?"

"是的!"周晴很激动,"你就是收了的!"

萧则当着她的面给陈楠打了个电话。

对方接起,刚奇怪地"喂"了一声,就听萧则用前所未有的语气对他说:"查一下去年声优见面会我们化妆间的负责人员,里面是不是有工作人员未经我同意以我的名义收了手机。"

陈楠虽然莫名其妙,可他明白萧则很少有这么厉声厉色的时候,知道事情有一定严重性,连忙应了,挂了电话就去给场馆负责人打电话。

萧则打完电话后,脸色依旧严肃,他对周晴说:"我没有收你的手机,当天我应该是当着你的面拒绝了,监控可以查到,你自己应该也记得。或许之后你拜托了工作人员转交,但我从业至今没有收过任

何粉丝的礼物，也不会为了任何人破例。这件事我会查出来给你一个交代，至于你做的事，之后交给警察处理。

"还有，选择与谁交往，是我的自由，我没有伤害到任何人，不需要对谁负责。如果要曝光，请随意。"萧则重新牵起周璇的手，十指相扣，像是一种无声的警告，"可我无法接受你造谣我的爱人，请你向她道歉。"

最终周晴也没有道歉，她一直站在原地，脸色苍白，直到两个警察来了询问情况后把人带走。

他们两人跟着到了警局一趟，陈楠很快也带着律师赶到，萧则不想让周璇牵扯进来，暗示先送她回家。

但周璇表示不用，她坐在警局的长凳上，手指摸了摸萧则的眉头："你不是让她给我道歉吗？我等着呢。"

萧则握住她的手，低头亲了亲她的手指："抱歉。"

周晴是本地人，家长已经接到通知正赶来了，警察让他们在外头等着，派了一位女警察在里面问话。

这一顿折腾注定得耽误半天，此刻外面的天已经黑透了。

周璇盯着萧则看了好半晌，才叹了口气，说："是啊，想吃的也没吃着，扫兴死了。"

萧则顿了顿，片刻后绷着的嘴角终究是泄露出一丝笑意。

她的手指还被他握着，周围除了不远处值班的警察没有其他人，萧则侧了侧身子挡住，抬起她的手，用牙轻轻咬了她的手指一口："回家让你慢慢吃。"

他声音压得低,明明是一贯温和的声线,在这种环境下却带着一丝明知故犯的不正经。

周璇勾了勾他的下巴,戴着口罩也看不清表情,只是双眼眯了眯,似乎笑得很愉悦。

大约半小时后,周晴的父亲来了,对方穿了一身得体西服,这个年纪也算保养得当,似乎刚从应酬的饭桌上下来,身上还带着酒气。男人神色匆匆,与值班台的警察表明来意后对方把他带到里面去了。

陈楠的处事萧则是信任的,过了十多分钟,那位父亲带着周晴走出来,陈楠和律师走在后面。

周晴的父亲大概是个生意人,手段雷霆,对于自己女儿闹出这么多事来脸色也变得十分不好看。

兴许是在里面陈楠已经告知此事不接受和解,男人沉声喝令女儿道歉,其他的没有再提。

一直都没有说话的萧则此刻才开了口:"向我的爱人道歉就行。"

这意思是至于他的部分,留待用法律途径解决。

周晴在里头已经哭过几轮,听到萧则这话眼睛再次红透,可还是顶着父亲的目光向周璇弯了弯腰,说了声"对不起"。

他们离开后,陈楠也送走了律师,回来后看了看戴上墨镜从头到尾看不出表情的周璇,再看向萧则:"……刚好起诉文书也下来了,公司打算发个微博,要不你趁机转发下?"

萧则点点头:"发吧。"

他俩光明正大地牵着手,陈楠看了一阵头疼:"……今天的事儿

象牙塔

要是爆出去会不会……"

周璇接了话:"没关系,我让我的经纪人盯着的,而且……"她睨了萧则一眼,"我也不是不能给个名分,萧老师认为呢?"

萧则旁若无人地捏了捏她的手,低头轻笑:"荣幸之至。"

半个小时后,"月初"工作室在官方微博发布了一则关于造谣一事的起诉文书,这是一份法院的送达文书,意味着起诉已经走上正式法律流程。

微博正文更是对对方今天跟踪到萧则家里的事情直言不讳,表达强烈谴责的同时并对去年年初声优见面会上工作人员私自以配音演员的名义收受粉丝礼物一事会彻查到底。

粉丝们一看都炸锅了,根本没想到在配音圈也会发生类似"私生"的情况,有人在痛骂,但也有人敏锐地注意到"月初"这则公告似乎并没有澄清关于萧则恋情方面的传言。

网上吵得沸沸扬扬,十分钟后,萧则发了一条微博:

配音十数载,我仍然坚持着一个观点——关于配音这个行当,我们和所有工作人员一样,作为幕后的一股有声力量,不希望自己的存在喧宾夺主,而是想让每一个观众都能专注感受我们共同完成的作品。这不仅是我,或许也是所有配音从业者的初衷。

近几年,有幸看到越来越多的人关注配音圈子,因此作为回馈,我们也期盼能把更多幕后配音的细节展现给大家,让更多人明白我们热爱的工作到底有何坚守的意义。

但一切的前提,是基于彼此理解、尊重。

我愿以配音演员的身份,对我的每一部作品负责。

可除此,配音演员也只是一个普通人,我对自己的工作与热爱问心无愧,因此更不希望工作上的事影响本人的私生活。

对于干扰配音演员的生活,给他们造成困扰的行为,"月初"会对其进行依法追究,不会有任何例外。

而关于我的私人感情,本不该占用公众资源,但部分人的行为已对我与我的爱人造成困扰,因此我保留追究的权力,也希望大家停止造谣与做无谓猜测。

今后我也会专注幕后配音工作。

感谢理解与支持。

微博第一次因为一名配音演员的发声造成短暂瘫痪,五分钟后,"萧则 发声"这个词条瞬间登上微博热搜首位。

有路人一边不明所以地点进热搜,刚想问"萧则是谁",一边就被词条内有心的营销号的科普给震撼了。

如果现今要选择一位当代配音圈中的代表人物,那么萧则一定是大家最耳熟能详的那一位,哪怕不关注配音圈的人此时都会发现,自己看过的某部纪录片或者电视剧里,就曾出现过他的声音,并且往往都是重要角色。

声音的存在感在平日里或许不曾让许多人在意,可它的确存在于

象牙塔

人的记忆中,尤其是一个辨识度极高的嗓音,能更轻易地在人的大脑里留下深刻印象。

有萧则的粉丝在愤怒之余花费心思做了一张长长的配音作品科普表,点进来吃瓜的人几乎都是张着嘴在看,艺术行当里往往称出类拔萃的人为"角儿",而萧则显然对这个称呼当之无愧。

然而外行人在看热闹,只有关注这个圈子的粉丝才知道,这篇微博的重点全都在"爱人"这个词上。

这种轻描淡写却显得尤其郑重的态度让粉丝们捂心口,边被"苏"到边流泪,虽然元旦那次直播上大家都早有预料,可正主承认又是另外一回事。

可很快大家就从"男神脱单"的悲伤中清醒过来了。

萧则的微博通篇态度都十分简洁明确,甚至可以说是一种清晰的提醒——配音演员不是偶像,也不会遵循偶像那套规则,他们专注幕后,专注作品,因此大家的喜欢才更应该在喜爱作品的前提下保持距离,而并非实施离谱的情感绑架。

喜欢配音圈甚至于喜欢整个二次元圈的很多人其实对粉圈的某些规则尤其深恶痛绝,因而这事情一出圈,表达对萧则的支持与抵制过激粉丝行为的人就非常多。尤其在萧则发微博不久后,业内许多配音演员都相继转发表示同意且支持,又引来一波关于配音圈的小型地震。

当然,大家除了表达对这件事的看法,也有许多争论相继冒出,譬如关于配音演员自带流量与关注度,是否完全可以做到"除了作品质量不需要向粉丝负责"。虽说配音圈仍算是小众圈子,但配音演员逐渐走到台前似乎已经成了一种趋势，也有资本在靠着配音演员吃着流量红利。

从事情发生后一直到深夜，网上讨论的热度仍旧居高不下。

而引起讨论的中心人物此时浑然不觉。两人在床上胡闹期间，手机振动不停，周璇难免有些分心，萧则见状把手伸出被窝，干脆利落地把手机关了。

周璇揪着他的头发，忍不住说："今晚可真够热闹的。"

萧则慢条斯理地吻着："不是你说要给我一个名分？"

周璇痒得忍不住笑："那还要我干什么？要不我去给你点个赞？"

"不用。"萧则坐起身，捋了一把头发，"你专心点儿就行。"

他这种时候说话显得嗓音醇厚又性感，听得人半边身子都酥了。可明明音色是温柔的，偏偏动作却又那么凶。

萧则这条微博一直发酵到第二天中午，才隐隐有热度下降的趋势，有些懂行的一看就知道有人在背后降热度，但萧则一个素人，就算背靠"月初"，也不过是一家配音公司，哪来的这么大公关能力？

只有圈内人知道是谁在背后控制舆论，却默契地统一闭口不提。

周璇从床上醒来接了刘姐的电话，哑着嗓子说了句"知道了"就关了手机重新躺了回去。

今天萧则难得休息，晨跑完又做了早饭，回房的时候刚好看见周璇半趴在被窝里，雪白的肌肤如绸缎般光滑，在阳光下透出近乎透明的色泽。

她最近为了电影在增肌，背后蝴蝶骨的线条更细腻流畅，蕴含力道，像是准备振翅飞翔的鸟。

周璇听到动静稍微睁开了一条眼缝，十分自然地与靠在门框上打量自己的男人四目相对。

萧则毫不遮掩地用男人欣赏女人的眼神看她，她被他的目光取悦到了，干脆蹬了被子，大大方方让他看。

"小心着凉。"

萧则看够了才走过去，将周璇抱起，像抱着一块暖玉。

他运动完习惯洗个澡，身上的气味清爽好闻，衣服上也有柔软的洗涤剂味道。周璇沉迷地把脸埋在他脖子里，由他抱到浴室，拿条大毛巾裹了起来。

她身上有一些昨晚留下来的痕迹，不深，也不多，像红梅落在雪上一星半点，却足够撩人。在给浴缸放水的时候，萧则抚摸着那些红痕，偶尔低头亲一口。

伺候周璇洗完澡，两人才坐到餐桌前吃早饭，对于昨夜的骚动没有任何讨论，那些关于他们的热闹对彼此来说还没有安生享用一顿早饭重要。

"今天要出门？"萧则问。

"嗯。"周璇边吃着包子，边看着手机，"约了导演、编剧聊聊本子。"

"我送你。"

"好。"

三言两语就定了下来，再自然不过。

把周璇送到会所门口，没等萧则开口道别，周璇就让他和自己一起进去："我们就聊一会儿，你也听听。"

广播剧的制作如今正在改编阶段，接下来就要开始陆续试音，这些全都由萧则把关。反正今天萧则也没事，便点头，和她一起下车。

这会所不对外开放，老板也算是半个圈内人，为了让大家放心谈事情因此审查尤其严格。

经理下来接人的时候看见周璇带了人，面不改色地把他们带到电梯，没有显露出一丝打探的目光。

周璇不是没有带过人来这里，以往也带过自己公司签的小演员来这里谈戏，她和这里的老板熟，和底下的人自然关系也不错，每次带自己人来都会领着对方和这儿的人聊几句，套套关系。

今日这位，虽然穿着打扮简单，但站在周璇身边一点都没被比下去，他们一个明艳一个沉静，如日月般相配。

在这儿工作的都是人精，对于近些日子圈内传的消息很是敏感，因而没有一个人敢向萧则投去放肆的目光。

他们来到会所三楼，这儿的装饰明显比楼下还要富丽精致，甚至走廊过道上都有藏品展柜，大概是主人的私藏。

经理把他们带到包间门口就离开了。周璇推门进去，跟里头的人打了招呼。

看到屋里人的时候萧则也有点诧异，除了导演另一个人居然是沈

象牙塔

周，他是当年《雏鸟》的剧本创作人。

沈周今年已经六十多了，在圈内地位岿然，然而这几年销声匿迹，没再出过什么作品。

他沉寂之前在微博发的《改编年代》长文获得了几十万的转发，明嘲暗讽这几年资本压榨编剧话语权的困境，并对圈内许多随波逐流生产流水线烂作的同行表示无奈与失望。

"萧老师。"

沈周看到萧则，居然没有太意外，并且直白地打了招呼。

萧则点头："沈老师。"他又看向导演，"文导，幸会，我是萧则。"

萧则和沈周其实有过一面之缘。

当年周璇参与试镜，是萧则送的她。那次也算是意外，对方临时改变试镜时间，前一晚周璇在他家，第二天萧则自然起床送她。

当时他们在地下停车场遇见了沈周，作为主创团队沈周从不缺席任何关于电影的决策，试镜自然也不例外，但他们当时只是隔着车窗看了一眼，沈周对周璇从一个陌生男人车上下来似乎并没有表现出太多在意。

可萧则不知道的是，在这之后，沈周就听周璇提过他，单方面认识了他。

那时周璇因为《他乡》成名，在电影圈自然也收到了许多橄榄枝。沈周对这个年纪轻轻却又充满灵气的少女亦有诸多好奇，选中她出演罗素月，他的意见在其中占了很大比重。

当时《雏鸟》的导演和《他乡》的导演导戏风格有很大不同，沈周每天都在跟组,知道这部电影周璇拍得有多辛苦。

周璇在一次次精益求精的打磨中气质越来越趋向于罗素月——妖冶、颓靡、疯狂……这让她在片场休息时的状态也显得很吓人。

沈周是一个观察力和共情力都很强的编剧,这也是他能创作出许多令人惊艳剧本的原因之一。他擅长从人物心理和视角出发去写作,《雏鸟》从设定、时代背景以及大方向架构都是他亲自完成的,因此他很明白这个故事会带给人什么样的后遗症。

后来有一次剧组聚餐,在大家都喝得微醺的时候,沈周主动去找周璇聊天。

抛开工作来说,沈周是一位温和而睿智的长辈。

但他工作时有一个习惯,就是除了讨论剧本,很少会与演员进行私下交流。

沈周始终认为,角色在被演绎出来以前他是属于创作者的,但一旦被选中,他灵魂的部分就该属于演员。因此沈周希望演员进组后能顺利进入角色,作为编剧他也会努力减少对演员入戏的干扰,所以严厉的剧组会选择更为封闭的环境,最大程度砍断演员与外界的联系。

因此那是沈周和周璇第一次在除了剧组的场合聊天。

沈周也是在那一次从周璇嘴里听到"他"的存在。

当时周璇脸上还化着浓妆,刚下了戏来不及卸。

拍这部电影时她每次都要画很浓的眼线,因为要用妆容反衬出角色失明的状态,因此哪怕在昏暗的包厢角落也显得她的面容尤其惨白

且憔悴。

　　沈周平时说话很有情商，那天却带了一种犀利的直白。周璇很快就明白了他的意思，她摇摇头，笑了笑，说："放心吧，沈老师。"

　　沈周看着她醉醺醺的样子，忍俊不禁之余倒有些好奇起来："这么自信？"

　　周璇喝了酒反应有点慢，闻言有点出神，可很快又摇了摇头，回答道："我不会在戏里走不出来的。"

　　面对圈内前辈好奇打量的目光，周璇放松了戒备，兴许……是因为沈周是创作罗素月的人，而她是演绎罗素月的人，光影迷乱间，她好像进入了罗素月的状态，又好像没有。在酒精的驱使下，她对沈周产生了一种近似对待亲近长辈般的信赖。

　　她小声对沈周说："沈老师，你相信……声音对人的影响吗？"

　　沈周有点不明白："什么？"

　　周璇的目光落在不远处的地面，光滑的大理石被头顶的灯映得五光十色，让人视线迷乱："我……认识那么一个人，他的声音总给我一种说不清的感觉。"

　　不知为何，沈周第一反应就想到了试镜当天，在停车场看到的那个男人。

　　而周璇毫无察觉，仍在说："每次听到他的声音，我都能一瞬间知道自己不是活在戏里，而是真正活在现实中……现实可比电影真实残酷多了。"

　　对于她的身世，沈周略有耳闻，闻言沉默下去，不知该不该安慰。

但周璇并不需要任何人的安慰，只是自问自答般呢喃："可不知道为什么，只要听到他的声音，就觉得这世界再恐怖，也还是觉得……很踏实。"

这种踏实就像灯火长明，把她拽出深渊，不管是故事里，还是故事外，让她的心得到了一个被短暂安放的地方。

沈周凝视着周璇，像是读懂了她没说完的话。

他轻声说："像象牙塔一样。"

这句话太轻了，周璇陷进了自己的情绪里，没有听见。

但不知道为何，沈周却突然放心了。

第二天回到片场，周璇和沈周都没有提起昨夜的谈话，它就像是一段无心的倾诉，抑或是交代，他们默契地一语带过，在那之后就进入了电影最难拍的一部分——罗素月解放自己，最后从塔楼坠落的戏。

他们深谈的频率逐渐高了起来，关于罗素月，关于那个年代的背景故事，他们总是花很多时间去交流。沈周对于自己创作的人和故事有一种奇怪的执拗，像是有股力量在推着他把情绪传递完，而周璇就像是一块海绵，在源源不断的情绪输入下好像完全变成了另一个人。那段时间除了导演和沈周，整个剧组没有人敢轻易和她搭话。

直到最重要的那场戏当天。

"卡！"

导演喊完，所有人都没有动，仍沉浸在刚才那一幕给人的震撼中。

周璇躺倒在海绵垫上，她的眼神还残留着刚才纵身一跃的解脱与决绝。直到助理回过神来冲上去，把毛巾展开向她示意，她才慢慢爬

象牙塔

起来，在工作人员的搀扶下用毛巾裹紧自己。

导演和沈周都没有在意片场的赞叹声，他们在专注看着刚才那一个场景的回放，因为是没有台词的戏，他们都没有戴收音耳机。

"过了。"

片刻后，导演对场记喊了一声，然后看向狼狈的周璇："还好吗？"

周璇的神情萎靡，可眼神已经清明不少，她裹着毛巾向他们点头："没事。"

之后就是一些收尾的戏份，杀青，庆功宴……

作为女主角，周璇一路喝得停不下来。在主创团队终于可以坐下歇一歇的时候，沈周注意到身边的周璇拿起手机，貌似在发消息，短短一条，发完就收回。

拍完戏他们都很放松，唯有周璇眉宇间还带着憔悴，她把酒杯搁在唇边抵着，却没有喝——那是罗素月经常做的下意识动作。

沈周突然问："那是个什么样的人？"

周璇愣了愣，把酒杯放了下来。

这一刻他们的对话似乎从那个KTV包厢得到了延续，然而周璇没有觉得被冒犯，反倒像被拽了一把，回过神来。

她思考片刻，慢慢开口："就是……恰到好处地出现了……这么一个人。"

恰到好处。

时隔几年，沈周心里嚼着这个词，看向面前的这个男人。

"久闻大名。"

沈周这四个字说得意味深长。

萧则是配音演员,对人说话的语气和咬字有一种超出常人的敏锐,听到这话他眼神不变,却把视线落在了身旁人上。

周璇无视他的目光,随手抽出一根烟,点上了。

这次面谈主要是为了解决剧本改编和拍摄时间节点等一些关键问题,大家没有多加寒暄,一坐下就直奔正题。

在剧本改编这方面周璇给了编剧很大的自由度,也履行了当初的承诺,把杜善也拉进了编剧群里。

杜善作为作者,合同标明她有一定的话语权和监督权,这次她进入编剧组也是一种实践与学习,很多时候编剧团队都需要咨询她的意见。

沈周是这次改编的负责人,负责把控大方向与各方面整合,有他主导,剧本的改编中会诞生出许多让人惊喜的东西。听他的反馈杜善和其他编剧之间相处得还不错,并没有出现周璇担心的情况,杜善本身也是个善于倾听和汲取意见的人。

不过最近她跟着周景出国了,这次就没能来。

文导作为资深原著迷对于原文的解读也很有自己的想法,他在与杜善的频繁交流中率先把重要的情节拆分出来,再交由自己的美术团队创作场景原画。今天他带来的稿子,都是他们一伙人苦熬几个月的产出,从完成度看工作量十分恐怖。

象牙塔

周璇一张张看着，时不时三人就会针对某个重要镜头聊起来。

萧则大多是在旁边听，很少插话。沈周偶尔抬头会看到他靠坐在沙发上，低头认真看着他们挑选的原画稿，神色没有一点不耐烦。

说完剧本又顺势说到选角，在此之前文导已经拟订了一个大名单，周璇过了一圈，都是些熟面孔，对此周璇表示没有太大异议，可以安排试镜。

聊久了口干，服务员适时送上新鲜的水果拼盘，萧则自然地把水递给周璇。

"接下来还有需要帮忙的就说。"沈周坐在一旁，对周璇说。

周璇明白他的意思。

如今她不仅是主演，更要盯紧整个电影的流程及出品，压力与精力消耗都很大，需要借助的人脉也多。周璇在这方面没有假客套，承了对方的好意："会的。"

这是周璇亲自经手的第一部电影，圈里闻风而动的人很多，但周璇没有贪心，人员配置上在精不在多，用的都是合作过也信赖的。

其中一大半都是圈里的前辈，更不用说主创团队，说出去一个个都是响当当的名声，在初期就已经隐隐有了与《诺亚方舟》打擂台的架势。

虽然两部电影筹备时间是一前一后错开的，但大家都明白这两者势必是要在成绩上争出高下。

可周璇并不在意这些，她在这个IP上表现出了前所未有的专注，不管输赢她都只与自己比。圈里一些对她身世略微知情的人都以为她铆足了劲是想为了向那个人证明自己,却忽视了她能走到这一步从未靠过那个人分毫。她是真的不在乎,才能如此心无旁骛。

萧则把她从那些走进死胡同里的情绪里拉了出来,他说得没错,她再好再差,谁又有资格来评价她?谁都不配。

Chapter 10
/ 星河灯火 /

今年的时间好像过得飞快。

七月的时候,由沈周领导的共十六人的编剧团队,终于完成了《明日之后》的剧本改编以及最终自审。

因为这阵子萧则和周璇都太忙了,他们的生日也一前一后相差没几天,所以两人都十分默契地没太把生日当一回事。

尤其是萧则这个年纪,每年生日顶多就是回家陪父母吃顿饭,如果忙起来就给父母打个电话,其他的再不会有了。

萧则不是那么爱热闹的性格,更别说周璇一贯是个大忙人,生日大部分时间不是在组里就是有另外的商务活动,每年这一天品牌合作方和一些狐朋狗友的消息能振到她手机关机。

进了娱乐圈后,生日对周璇来说更像是一种形式化的东西,她连敷衍都懒得。

虽说他们在一起八年也没特意一起过生日,但到了萧则生日当天,周璇想了想，还是在工作间隙抽出了五分钟给对方转了个大红包。这还是跟着高雅雯学的，她记得高雅雯对自己的男朋友们都是这个套路。

发完后周璇看着聊天页面想了几秒，也不知道想到了什么，勾了勾嘴角，补发了一条消息——

宝贝儿生日快乐。想你了。

忙起来不觉得，一想到又是真的想。

萧则当时正在H市综艺录制现场的后台休息室，有参赛选手被节目组安排了任务，鬼鬼祟祟地拿着摄影机到导师个人休息室搞偷袭，正好把这一幕录了下来。

画面里的男人身着浅驼色毛衣，眼角有些许细纹，但他仍旧英俊，不是那种火花四射的明艳，而是像秋天的梧桐，有种小火烹茶的温雅。

这个年纪的男人总是越看越有味道，而他低头看手机的眼神，又是那么温柔。

萧则收下了红包，回头看向镜头的方向，明显看上去心情不错："有事？"

录像的选手是"月初"兄弟工作室如今的台柱子，平时性格大大咧咧，但说话做事都十分讨人喜欢，是情商高也有分寸感的帅小伙儿。

见萧则没有拒绝摄影，他便没关摄影机，贼兮兮地问："萧老师给谁开小灶呢？"

萧老师家里有人了如今在圈内外都不是秘密，见对方明知故问，

象牙塔一

他好笑地扫了对方一眼,也没生气:"是我爱人。"

选手发出"哇呜"的起哄声,身边的工作人员都被逗得笑出声,镜头里吵吵嚷嚷:"这段剪掉!剪掉!"

八月底,在周璇的多番努力下,电影报备和审批的流程很快就下来了,剧组开始了紧凑的搭棚和服化道准备工作。

十月,《明日之后》同名 IP 广播剧发出第一则预告。

这部 IP 广播剧实际上可以算是一部群像剧,重要角色几乎用上了中配圈的一二线阵容,编剧和后期在圈内亦是出了名的黄金组合,预告出来效果震撼,转发量迅速破万。

自公开恋情之后一直沉寂的萧则作为主役率先转发:

你好,沈清明。

十分钟后,剧中女主角沈清明的配音演员王襄转发了萧则的微博:

你好,郭浩。

半个小时后,《明日之后》的作者杜善转发:

你好,《明日之后》。

周璇的工作室从一开始就盯紧了网上各渠道，宣发一出，营销跟上，《明日之后》话题迅速登上热搜第九，并在之后逐渐攀升到第三。

不管是书粉还是配音圈的粉丝们见状都疯了，一时之间，铺天盖地的科普以及推荐迅速占满各大网站首页，有几个粉丝数超百万并且以前推荐过《明日之后》的读物博主也纷纷出来冒泡，甚至欢天喜地地开始举行抽奖活动。

其实"无限流"的受众在近几年已经水涨船高，只是毕竟不是热门领域，以至于还没有一部作品被真正重视。

广播剧的宣发一出，大家都很兴奋地加入了自来水式的宣传队伍，加上周璇的团队对于营销尺度的把握也十分聪明，精准投放，在精不在多，《明日之后》很快以一种势不可当的速度成功宣发出圈。

也几乎是同时，电影正式开机，周璇结束了和萧则各忙各的同居生活，一头扎进了组里。

十二月。

一部以配音演员主打的配音综艺正式上线。

从一开始只有圈内人关注，到第二期渐入佳境，经过许多博主的自发推荐，这部配音综艺的播放量从第三期开始终于有了十分明显的上升，并且受到了很多圈外人的关注与表扬。

配音演员没有太多架子，他们在镜头前表现出的敬业与热忱都是真实而热切的，而在台下，他们和大多数年轻人一样——宅、喜欢冲浪、爱玩梗、善良且真诚。

象牙塔

　　这个节目让更多人开始去了解配音行业，也让更多人从从业者的视角看到了他们的快乐与辛劳。

　　配音工作并不像大多数人想象中有趣，相反，他们的工作日常大多平凡且枯燥，经常需要一天待在一个小小的录音棚里几个甚至十几个小时，四周都是隔音板，面前只有一个麦克风。他们和所有幕后人员一样，擅长忍受寂寞，用大量的时间和精力去给一个角色赋予高光，增添颜色。

　　从最初的译制片、电视剧配音、网络剧配音，到如今发展得更专业化的商业广播剧、动漫、电影……配音演员们都在作为一股有声力量在努力摸索，搀扶前行。

　　这是个不算大众的圈子，却拥有很多真正热爱这份工作的人，并且他们也在努力地告诉所有人，因为热爱，所以值得。

　　在录制最后一期综艺节目当天，节目导演的助理得到老大允许，兴奋地打算去找自己的偶像要一份签名。

　　她喜欢配音快十年了，从高中到大学，再到出来工作，从网配到商配一直都是萧则的粉丝，后来毕业到电视台应聘，从未想过有一天自己能参与到一款只属于声音表演的项目中去，甚至还因此和自己的男神有了工作接触。

　　但她担心打扰到对方，前面接触时一直小心翼翼，不敢表现出太多热忱，只是今天她在第二现场手机忘了调静音，短信提示音正好在录这句话的正主面前响起来，她差点没直接"社死"。

没想到萧老师一点都没在意，反而还在大家起哄的目光中安抚着羞愤到满脸通红的她："抱歉，现在没法给你签名，下班后可以吗？"

他以一种温和的调侃，轻而易举地化解了她的尴尬。

于是助理揣着签名板和自己一颗还没来得及老去的少女心，打算在节目录制最后去给自己的青春留个纪念，没承想刚到休息室就从别人嘴里得知萧老师刚从休息室离开。她想也不想，立刻转身下楼，幸好在一楼门口的角落里发现了他。

她冲上去，因为太兴奋了也没发现萧老师身边站了个人，直到那个站在萧则身后的人发现了她，两人四目相对，助理在风中凌乱，抱着签名版语无伦次："周……周……"

周璇穿着一件白色外套，在黑夜中显得很扎眼。

因为拍摄需要她把一头漂亮的长发剪了，当时因为利落的短发造型还上了一阵热搜，如今面对面看真人显得她脸越发小了，浓烈的五官像破开的刃，带着游刃有余的攻击性。

直到对方向她眨了一下眼，助理才回过神来，想起微博上的那些传言，下意识看向自己的偶像。萧则也转过头，看到她手上的东西，才像是想起来自己说过什么，朝她笑了笑，伸出手："抱歉，我忘记了……现在签可以吗？"

"可、可以的……"助理颤颤巍巍地伸出手。

萧则接过，问她："你叫什么名字？"

这是要给特签的意思，助理继续手抖："……签小园就行，公园的园……"

象牙塔

萧则很快签好,把板子还给了她。

他签名的时候,周璇就在旁边玩手机,像个透明人,但他们站在一起的气场太亲密,是不需要明说都能感觉到的独一无二。

助理愣愣地接过签名板和笔,不知怎的,突然鼓起了勇气,对萧则说:"萧老师,您……您放心,我不会和别人说的,您……您和周老师很般配!真的!"

周璇闻言放下了手机,没说什么,下一秒她的手被萧则自然而然地牵了起来。

助理这才后知后觉反应过来,在接过板子前,他们的手好像就是这么牵着的,在昏暗中若无旁人,牵得太自然了,她当下都没留意。

"谢谢。"萧则温和地笑着。他像是一个温柔的长辈,从始至终都十分从容,这句谢谢更多像是在回应她说的"般配"二字,至于会不会让别人知道,他好像并不在意。

周璇也不在意,她甚至没有做一些变装,就这样大大咧咧地出现在录制大楼前。

直到一辆出租车开了进来,萧则低声与她道别,然后带着周璇上车,很快车子就消失在了黑夜里。

方才站在她面前的两人像是一阵风,留下了痕迹,偏偏什么都抓不住,是那么遥不可及的人。

也不知道过了多久,可能是五分钟,也有可能是三十秒,助理愣愣地抬起手,发现自己脸上爬满了泪痕。

她说不上来自己是难过还是释然。她喜欢这个人的声音太久了,那个人的作品陪伴她从年少到成年，曾救赎过她，安慰过她，他的声音也曾是她青春期的朦胧遐想，就像是一个绮丽的梦，无法形容，却十分美好。

后来，她又恍然大悟，自己流泪或许只是出于一个很简单的原因——

她喜欢又尊敬的人，在带给她那么多不同角色不同感情的感动后，也有了一份只属于自己的，美好而珍重的情感。

她坚信那一定是他想要的，因为她喜欢了他好久，从未见过他露出那样的笑容。

她是那么高兴，为他高兴，也为自己高兴。

又过了一会儿，天上下起了雨夹雪，冷空气似乎在顷刻间把这座城市所有怅然都冻住了。

助理在原地擦擦眼泪，然后捧着怀里的签名，重新绽放出一个大大的笑容。

她美滋滋地掏出手机，边向自己的同好炫耀，边蹦蹦跳跳回到了那装着自己梦想与现实的大楼里。

《诺亚方舟》的筹备很快，审批上映也快，短短筹备了一年不到，最终定在明年国庆首映。因为前期宣发很足，抢首映票的人络绎不绝，黄牛也炒到高价，各大院线排片也很给面子，场次规模铺得很足。

周璇和沈周出席了首映日。

作为商业片来说，《诺亚方舟》的制作成本相当高，周景万和他

的妻子坐在第一排，只是短短一年时间，他消瘦明显，颧骨明显突出，整个人不掩病态。

电影播放的时候，哪怕他刻意隐忍，咳嗽声仍然短促而压抑地响起，后来他的妻子陪他暂时离场，直到电影即将播完才重新出现。

周璇目不斜视，和沈周并排坐在一起，把电影看完了。

拍《明日之后》以后周璇就一直留的短发，干净利落，把她的脸型修饰得更为锐利，只是如今她的气场比起一年前更沉稳。比起容貌的外放，人们在她身上更多地感受到女人安定后的慵懒。

圈内人都心知她有人了，那一位少数几次探班周璇都没有特意遮掩，一开始大家都觉得只是逢场作戏，然而一而再再而三，大家才明白了那一位的确是正主，有关于他的公关走向让圈内人都嗅到了风向。

直到电影的片尾播放完毕，周景万作为制片和主创团队出来做了简短的致辞，主演是圈内当红流量和如今影视圈备受瞩目的小花旦，谈吐大方不怯场。

周景万话很少，站在旁边看着，眼神有些淡。

直到结束，沈周在角落对周璇说："我送你？"

"有人接。"周璇看着不远处正向自己走来的周景万，礼貌地拒绝了。

沈周顺着她的视线看过去，了然地点点头，和助理先离开了。

周璇注意到身边有一些目光落在自己身上，她表情淡淡并未在意，让小周也先下楼等自己，直到周景万走到跟前。他没带妻子，孑然一身,看着她的目光仍旧平静。

"电影拍得顺利吗?"

他像是一个圈内的长辈,很自然地问出口。

周璇的目光落在他的脸上:"嗯。"

"觉得这部怎么样?"

周璇实话实说:"还行。"

的确只是还行,这还是归功于特效舍得砸钱,周璇知道他花了重金请好莱坞那边的专业团队制作,效果显著。

剧本也很优秀,能看得出来是细心打磨的,只是两位主演欠缺点火候,在银幕上不少地方都显出了青涩,但那两位都是好苗子,周景万在他能选择的人里选出了最好的。

只是都不及她合适。

这个结论早在周璇看到剧本的时候就已经确定了。

周景万似乎对此结论并不感到意外,点了点头,沉默了半分钟,最后转身离开。

周璇没有叫住他。

她看着他瘦削的背影,哪怕穿着西装都已经无法掩盖他的病衰。

他独自离去的这一幕她看了很久,最终什么也没做,拿起小包走专用通道离开。

她其实可以告诉他,她知道周景的主治团队是谁打通的关系。她接触了任达很多年,一直没有得到回应,偏偏在今年得到了答复。但他不说,她也不会提,就像一直以来他没有承认过的东西,她也不会

代替周景承认。

刚到停车场就看见了自己的车，周璇上了后座，萧则牵起她的手。

她的手有点凉，萧则眉目不动，攥住给她搓了搓。

周璇把头枕在萧则的肩膀上，有点累："小景呢？"

"在爸妈家。"萧则让司机开车，"明天去接他出去玩？"

"让他陪陪叔叔阿姨吧。"周璇握住他的手凑到嘴边亲了亲，口红落在他手背的经络上，显得很是性感。

她明明什么也没说，萧则却明白了她的意思，偏过头笑了笑，吻了她的头顶。

回到家两人一起洗了个澡，屋里点着香薰，淡淡的清冷的味道，却让人意乱情迷。

萧则把人压在被褥里细细密密地吮，周璇享受够了就把人反过来压住，垂下头，那发尾就落在萧则的小腹上，掌心下的肌肉顿时绷得更紧。萧则的气息有些重，却任由她动作，手指轻轻缠起她那作乱的发尾攥在掌心里。

她什么也没说，萧则也没有问。

只是后半夜，他俩汗涔涔地叠在一起，萧则动作的时候，在周璇耳边说了许多她喜欢听的话，低沉温柔的嗓音像把她的思绪全部攥住，每一根神经末梢都在战栗。

他明知故犯，看她身体绷紧，用自己的声音带给她一阵阵热潮。

《诺亚方舟》最终的票房不错，成绩在同档里甚至超过了一部从国外引进的热门商业片，一时之间首页都在铺天盖地地吹。当然，也有一些科幻领域的博主发表了一些相反的声音，认为这部电影只能算中庸，不能算惊艳。

两个月后，周璇在后台休息室得知了周景万入院的消息。

高雅雯又换了一个男友，一样的年底星光大赏，可去年那位撩拨过周璇的小爱豆如今已经糊了，高雅雯或许连他样子都不大记得了。

高雅雯一边和自己男友聊天，一边不经意地说出周景万的消息，还不忘感叹："癌症这玩意儿不扩散还好，一扩散就完蛋，听说是能及早治疗的，但因为拍那部电影耽误了，中期直接变晚期……搞不懂，电影比命还重要吗？"

高雅雯还在唠唠叨叨，周璇却没回应。高雅雯疑惑地回头看周璇一眼，只见周璇低着头在看手机，似乎对她说的事没有太大兴趣。

《明日之后》如今已经进入宣发时期，赶在了新年档，和一堆贺岁片挤一块儿，虽然有些格格不入但排片很满，其中沈周出了不少力。

他在这行有一定的地位，资本都卖他面子，周璇如今筹措各方也是忙得不可开交。

萧则如今也忙，忙着给《明日之后》的动画和广播剧第二季配音。

《明日之后》广播剧第一季完结时在某网站播放量已经超过了一千万，远超同类型甚至一些热门题材广播剧，成绩斐然，如今第二季也已经播到尾声，总播放量即将冲破三千万，其中萧则作为配导可

以说是功不可没。

如今动画制作公司正在筹备动画大电影，萧则几乎每天都忙得脚不沾地。

刚想起他，对方就来了电话。

萧则似乎也在场馆，说话有回音。今年"月初"的见面会晚了几天，今天萧则应该还在彩排："快上台了吗？"

周璇应了声："嗯？"

萧则似乎到了一个没人的地方，声音放柔了些："我来接你？"

这人简直……

周璇脸颊有些热，换了个坐姿："你故意的吧？"

两人快半个月没见了，她刚从外省回来，直接下榻了这边的酒店，没有立刻回家。

萧则低笑，笑够了才压低声音："想你了。"

周璇抿了抿唇："我也想你。"她笑了笑，补了一句，"哪儿都想。"

"我知道。"

他们如今已经不会再如从前般欲盖弥彰，情意自然而然就能宣之于口，外人压根不会想到萧则会有这么一面，毫不吝啬地用言语、用行为独占着她，也让周璇真正明白，确切的拥有与仅仅只是身体的抚慰有什么不同。

他光明正大地说着爱，说着想念，仿佛那是她给他的资格。他一边用感情滋补她，一边给她飞翔的自由。

哪怕今天是一年的最后一天,他们不能一起跨年。

但他们都心知肚明,几个小时后,他们会在一起缠绵。

《明日之后》首映会现场。

这部电影的主创团队之豪华,让电影院门口的闪光灯照得如同白昼。

周璇今天带着周景出席。

虽然在宣发时已经有人注意到这个少年,但实际看到本人,在场许多人仍是倒吸一口气。

两姐弟长得像,气质却截然不同,少年挺拔的身段纤瘦,穿着一身休闲西装俊美如精灵,是一种很清澈的英俊,与电影预告里一闪而过的镜头给人一样的惊艳。

他们和杜善是一前一后到的,三人在门口拍了一会儿照便一起进去了,没有回答记者的问题。

周璇的工作室没有放出一点关于周景的消息和公告,大家对这位少年是否会借着周璇的名声进入娱乐圈产生极大的兴趣。

有人说这是周璇的一次试水,但也有内部人员放料称周景的出演是原作者钦点,对方进娱乐圈可能性不大。

现场记者一直在观察,都发现后一种说法可信度更高。初次出席这种公开场合,周景几乎没有服务过镜头。

首映结束,反响极好,主创团队和IP的话题度加上新年加成,最终首映票房超九亿,荣登三项新年剧情电影票房冠军。

象牙塔

首映当晚，微博一位古早级"无限流"读物博主发表一篇长影评，后来这条影评被转发超过五万。

影评最后有一些话：

我从未想过有朝一日，能在电影院，看到如此高水平高制作高还原的"无限流"电影，它是一次颠覆，也是一次突破，不是换头文学，也不是生搬硬套，每一个伏笔都埋得恰到好处，每一个彩蛋都让我惊喜。

流量当代，原创不易，但它让我看见希望。

就像刚看完首映的我，能自信且大声喊出——这就是我们中国人的好故事！好剧本！好电影！

愿有一天，有更多这样优秀的作品能给全世界人看。

周景在一轮极短的曝光后又迅速销声匿迹，彻底打破了许多人对于他进入娱乐圈的幻想。

他在国外复健的同时上了半年表演课，后来回来参演《明日之后》。不过他的角色戏份不多，很快就杀青，拍完后他主动提出想要进修导演课。

周璇很快就让刘姐给他安排。

他仍然需要定期检查，但身体肉眼可见地发生许多变化，脸上也长了肉。他不再像从前一样需要乖巧地长在温室里，而是为了外头的阳光想要迈出去，去看看外头的世界。

又是一年，时光如梭。

从去年开始，周璇就带着周景到萧则父母家过年。老两口喜欢周璇，更喜欢周景，这么乖巧懂事的孩子谁不喜欢，他每次来两位老人家都恨不得把他揣心口上。

外头周景在陪两个老人聊天，厨房里萧则正在料理鱼。

屋里有暖气，萧则穿着居家服，露出脖子和锁骨。周璇在旁边看得心痒，上去咬了一口。

萧则仰起脖子让她咬，咬完笑道："等会儿溅你身上。"

话虽如此，他每次都不会拒绝，也不会推开她。

周璇笑他伪君子。

两人正腻歪着，这时候萧母抽空过来一趟，看看需不需要帮忙。

"小孩儿啊？做个饭都要陪着。"萧母打趣。

周璇忍俊不禁，但还是往后退了退，靠在冰箱上："没。"

萧母有眼力见儿，不打扰两人亲热，看了一眼进度就出去了，还体贴地关上了推拉门。

这样的气氛真好，所爱的人都在自己身边。

周璇忽然叫了他一声："萧则。"

"嗯？"

周璇看着他："第十年了。"

萧则明白她的意思，转过头来，笑了笑："嗯。"

他总是这样，从容的模样，好像她说什么都能接住。

周璇缓缓上前抱住他,从身后揽着他的腰。

萧则手上动作不停,一边把鱼放在锅里蒸,一边抽出一只手包住她的两只手,怕她被烫到。

周璇原本还想说什么,但发现自己好像什么也不必说了。

年三十当晚,周璇发了一条微博。

照片中的男人在厨房料理食物,拍摄者应该是从侧边拍的,他的侧脸在雾气氤氲中一半朦胧一半清晰,让整张照片的氛围显得柔和又有烟火气。

配文是两句话——

> 我会走得很远,远过这些山丘,
> 远过这些大海,直到靠近月亮。

Extra 01
/ 靠近月亮 /

似乎很多人都认为,当一个人到了二十岁,人生就会开始迈入下一个阶段——上大学了、恋爱了、毕业了、工作了……

在二十岁到三十岁期间人们会做很多事,大家不断地前进,不断与人发生邂逅,当然也会因此诞生出许许多多的可能性,就像蝴蝶效应,每一个看似不经意的选择都会让一个人走向不一样的人生轨迹。

因此二十岁到三十岁这个阶段很重要,在此期间发生的所有事,不管是快乐也好痛苦也罢,人们总是会对此印象深刻。

大二的时候周璇刚和男友分手,大概是因为这个年龄感情保质期太短,他们已经对彼此腻烦了,也或许是因为周璇在这段感情中一直显得太过冷淡。实际上,哪怕是她恋爱后仍然有不少男生对她趋之若鹜,可周璇又实在不是一个会给男友太多安全感的人,因此谈了半年的恋爱她就再次"被分手"。

"你的性格的确不适合谈恋爱。"

朋友曾这么形容过她:"你啊,不是想要去爱的类型,而是适合

象牙塔

被爱的类型。"

周璇当时站在天台上，闻言看着远方不吭声。

她最近看上去总是有些心不在焉，大概在恋爱中也是相差无几的状态。

这个岁数的男生正是自尊心最强的时候，谁会接受女友在相处的时候总是这么冷淡。关于这点，周璇倒是觉得对方对待恋爱的态度还挺有趣的，告白的时候说很多漂亮话，表示对方什么样子都喜欢，可他们认识的时候她就已经是这么个性格，结果分手原因这一方面倒是占了相当大的比重，倒是说不清是可笑还是讽刺。

不过周璇没有反驳，其他她心里想的就是这有什么不好，谈恋爱不管是出于什么原因，达不到目的就一拍两散，这是很正常的事儿。

倒是自己常被分手导致学校论坛里总能传出一些关于她的流言蜚语。

这个时代好像就是这样滑稽，分手后被指点的大多是女性，好像分手的次数多了女生的价值就会贬低，而与多少女性交往反倒成了男性的勋章，他们不会引以为耻，相反总是能把"战果"拿出来炫耀。

下午没课，周璇去了趟第三医院。

她先去了周景的病房，男孩正在午睡，纤长的睫毛配上苍白的脸，瘦削的手臂血管明显，上面连接着不同的监控仪器。寂静的房间里，床头的监控器不时发出细微又清脆的"嘀嘀"提示音。

周景躺在其中，像是躺在了一个透明的壳子里，有种玻璃般的易碎感。

　　周璇在床边坐了半个小时，见他仍然没有醒来的迹象，才起身上楼。楼上是 ICU 监护区。

　　自母亲入院后，周璇只进过病房一次。那张因为器官衰竭而瘦削得完全变形的脸，以及被各种雪白冰冷的仪器包围着的氛围会让周璇轻易有种喘不上气的感觉，因此她来了一般也是在走廊上看看，大部分时间都是在发呆。

　　她其实不喜欢这里，但每次都会上来，这里就像是象牙塔的外面，人身处其中就不得不保持清醒，去思考现实问题。

　　路过的护士看周璇靠在墙壁上，贴心地没有上前打扰，毕竟母亲和弟弟都躺在医院里的家属在三院统共也没几个。

　　周景从出生后大部分时间都是在医院度过，而孩子母亲入院以后当父亲的却从未出现过，这些事情在医生和护士们之间也不是什么秘密。

　　护士逐渐走远的脚步声让周璇的脑部神经刺痛，周围越是安静，这种刺痛感就越是明显。

　　没有人知道今天是她的二十一岁生日，当然也不会有人知道她即将要在这样的时刻为自己看不到未来的人生做一个垂死挣扎的决定。

　　别人二十岁时在做什么？

　　周璇不清楚，但她回顾自己的二十岁，似乎已经在她人生中留下了一段不可磨灭的印记。

　　她打开手机，在充斥着消毒药水的走廊里发出一条短信，之后把

象牙塔

手机关机，闭上了眼睛。

身侧的人轻轻下了床，周璇背对着对方，在黑暗中睁着眼。

这个房间里散发着太多对方独有的气息，从床头的香薰到枕头套上的柔顺剂，属于男人的温润香气在鼻尖久久萦绕不散。

似乎有个说法是越有属于自己一套生活规则的人，流露的"领地感"会越强烈。周璇还是头一次这么清晰地感受到这一点并且深以为然，如同方才拥抱自己的手臂、温暖的怀抱，以及炽热的呼吸与亲吻，都存在感极强，轻松化作周璇身体里的一种肌肉记忆，被记住，覆盖住原本被麻痹的神经。

周璇虽然没有太多可以比较的经验，但对于她来说，这已经足够被称作一次很舒适的体验。

等对方出了房间，周璇才爬起身去找手机，四处找了一轮无果，才记起来自己的东西好像都被丢在了玄关，她脸上顿时露出了懊恼的表情。

她自暴自弃地平躺在床上，完全没想到自己一时冲动会造成如今这样的局面。

不，或许也是隐隐有预料的，只是自己相当直接地放纵了自己。

二十分钟后，萧则出现在房门口，看她睁着眼不再装睡，问："要吃点东西吗？我煮了面。"

他的嗓音总是这么干净，和他外表给人的感觉很相似，声音低沉，语气也和平时一样妥帖，一开口就让周璇松了口气，同时又在心里责

230

怪自己多余的担心。

对方并不是自己以前交往过的那些少年，而是一个比自己年长，阅历也比自己丰富的男人。

见周璇点了点头坐起来，萧则体贴地在衣柜里找了一套睡衣。

他来这边暂住的是短租的房子，衣服带得不多。

睡衣是男式的，很宽大，周璇干脆就当睡裙穿。

五分钟后，周璇坐在餐桌前，等面端上来的时候，她才发现自己已经饥肠辘辘。今天她似乎滴水未沾，更没有时间吃饭，葱花的香气刺激了她的五脏六腑，让她瞬间胃口大开。

面煮得很筋道，白菜汤的味道十分鲜美，里面简单地加了一些豆腐，还有一些提味的虾米。周璇先喝了一口汤，热气和缓地从嘴唇过渡到了胃里，那一刻她感觉四肢都暖和了起来，连带心脏的跳动都逐渐清晰。

萧则也在安静地吃着。

他的吃相很斯文，低头的时候，顶上的灯光为他的五官打下投影，显得他的鼻梁弧度尤其优越，他不说话的时候眉眼虽冷淡却没有攻击性，和刚才的样子完全不一样。

周璇很快就吃完了一碗，按平时的食量来说一碗应该已经足够，但今晚周璇觉得自己才吃了八分饱。

在萧则收拾碗筷的时候，周璇找回了自己的包，坐在沙发上抽出一根烟，终于有时间打量了一下这小小的一居室："你一个人住？"

萧则在厨房里应了一声。

象牙塔

打火机找不到了,周璇有些烦躁。萧则洗了手,见状把她的烟接过去。

周璇以为他会把烟丢掉,就像在录音棚里制止她抽烟时一样,没想到他只是走到了那个小灶台前,开火把烟点着,说道:"我不是本地人,来这里主要是帮朋友处理些事情,大概再待一个月就会走。"萧则倾身把烟递给她,"我没有女朋友,不用担心。"

周璇垂眸观察他递烟的手指——他的骨节很漂亮,甲床修长饱满,指甲也修得很平整,能看得出来是个生活得井井有条的人。

她不自觉地抿唇,脖子稍微抻长,就着他的手含住烟浅抽了一口,含糊地说了一句:"……我知道。"

虽然只有短时间的相处,但周璇能看出来,他和自己遇到过的很多男人都不一样,不管是对标圈里还是圈外的,都显出一种习以为常的克己。

周璇觉得今晚的一切都有点荒谬,不是因为和对方做了亲密的事,而是在一个不算熟悉的男人身边,她竟然感觉到了一丝安心。

那一刻周璇心里忽然冒出一股冲动,她还没来得及细想就脱口而出:"我们谈谈?"

"想要谈一段怎样的恋爱?"

导演问到这个问题的时候,周璇愣了愣。

彼时周璇正在参与《雏鸟》的试镜,这次她的竞争对手都是一些圈内有名的前辈,相较之下她仅靠《他乡》这部代表作才勉强摸得着这部大制作的门槛,好像做什么都缺乏底气。

奇怪的是面试方并没有给她们太多试演片段,仅仅在演完一小节后就让她停了下来,改为了面对面的谈话模式。

周璇对圈内这对导演、编剧的黄金组合略有耳闻,知道他们做事一贯喜欢独辟蹊径,有自己的一套,那一刻她脑子里闪过了很多漂亮的回答,但最终在他们探究的目光下,周璇选择了实话实说:"大概是……不负责的恋爱。"

导演在室内也戴着墨镜,让人看不清他眼里的情绪。

周璇的话音刚落,对方对她这个有些直白的回答好像产生了些好奇,他"哦"了一声,问:"什么程度的不负责?"

他没有让周璇解释这段话的意思,而是询问对于她来说是什么"程度"的不负责。

周璇顷刻就想到了如今她和萧则在一起时的状态。

虽然很不合时宜,但周璇仍然第一时间想到了他。

这个年代似乎有一种很流行的说法,叫"似恋爱又不似恋爱",但周璇很坚信他们并没有在恋爱,成年男女的各有所需罢了。

他们每次见面都会接吻,夜晚再短暂的相拥而眠,像是天底下最亲密的两个人,然而这些沉浸其中只是暂时的。

周璇很清楚,不管是她还是萧则,都不是能轻易深陷进某种情感的人。

他们私下很少联系,也从不越线聊对方的私事,关于彼此的感情邂逅与经历也闭口不提,好像这样的关系随时结束也无所谓。他们只

象牙塔

是恰好碰到了一起，恰好都是一个人，仅此而已。

周璇沉默了一会儿，回道："想走就可以走，像一段兴之所至的旅行一样，不需要给彼此承诺，大概就是这种程度。"

是的，旅行。

一开始周璇以为她和萧则的这段旅程只会维持在W市的短短一个月里，没想到自己后来拍电影、决定去S市发展，时至今日他们仍然会在某个时间见面。

因为工作增加的关系，配音工作也相对变多，不管是明面上还是私下，他们的来往都变得更频繁。唯独不变的是旅途本身仍然是未知的，他们似乎都是不在乎目的地结伴而行。

导演看了一眼身边的沈周，而后者观察着周璇的表情，忽然说："这段话可不像是在形容恋爱。"沈周手中的笔在纸上画了两下，他似乎笑了笑，若有所思道，"不过'像旅行'这个比喻不错，毕竟不是所有人都只会去同一个地方一次，真正的好地方是会吸引人'回来'的，这一点也和恋爱一样。"

周璇怔住，大概是从未往这方面想过。然而没等她细想或者做出回应，沈周已经抬手示意下一个试镜者。工作人员走上前告知她可以先行离去，等候通知。

刘姐见周璇从棚里出来后有点走神，问："怎么，导演为难你了？"

周璇说不清内心是什么感觉，但她不想解释太多，所以她沉默地戴上墨镜，说了句"没有"，和刘姐一起离开了。

阳光洒在周璇的眼皮上，像是恶作剧般轻盈跳跃着。这一幕画面原本十分美好，可惜周璇丝毫不领情，皱起眉头，不情不愿地醒来。

浴室里有水声。周璇看了看时间，光着脚下床，径直打开浴室门。

刚晨跑完的男人背对着门正在冲澡，他明明早已经迈过了三十岁的门槛，可瞧一眼那结实的背肌，还有运动后收紧的腰线，又让人看不出年纪。

都说运动能让人保持年轻，周璇觉得这话还是有点道理，不然无法解释为何都五年了，看着这样的画面她的喉咙还会泛起干渴的感觉。

她轻轻走进去，没有发出一丝动静，然而还没碰到萧则，他就已经若有所觉地侧过脸，把冷水调成了温水。

她的手指穿过渐渐升起的雾气，没有阻碍地划过他背上的肌肉线条，看着水流被她的手指分开两道，然后顺着肌理淌下，如同一种坏心眼的戏耍。

萧则由着她抚摸，包括昨晚她故意挠的那些痕迹。过了一会儿见她没有停下的意思，他低头就着水擦了一把脸，转身把人揽进水流中。

"别留痕迹。"她一边叮嘱一边回应，自己倒不是这么做的，指甲陷进对方肌肉里。

但萧则不在意，把她湿漉漉的头发撩到一边，哪怕是素颜她也仍然有种让人心惊的美丽。他看着周璇露出好看的耳朵，低头吻住耳郭，低声说："好。"

四十分钟后，周璇把帽檐压到最低，悄无声息地在地下停车场上了刘姐的车。

象牙塔

今天早上有个电影开机记者会，按惯例主演要提前到场，可如今出发时间已经晚了，他们原定的时间是避开早高峰。刘姐一脸谴责地瞅了她一眼。

周璇没有为自己辩解，毕竟的确是自己理亏在先。一年到头她总有那么一两次会被"好风景"耽误原定的计划，更何况他们已经很久没见了，在这方面她本就不是什么素食主义者。

从最初的"初犯"到如今的习以为常，刘姐对此完全是一副"没眼看又懒得说"的态度，周璇偶尔也会进行反思，可下一次又有可能明知故犯，她安慰自己一切都是出于正常需要，好像只要这么想自己就能变得坦荡。

早高峰交通拥堵，好不容易到了目的地，一下车刘姐就匆忙安排人准备妆发。到了化妆间周璇把帽子摘了下来扣在桌面上，两个专用的化妆师连忙开始工作。

"璇姐，今天起晚了？"化妆师都是工作室的老伙计，见周璇难得迟到，忍不住调侃道。

周璇说："最近太累了。"

"哎呀，璇姐，您指甲怎么豁了一块儿？"

另一个化妆师正准备给她卸甲，发现她右手食指的指甲缺了一块儿，好像是挠什么挠豁了，连忙找出工具给她修。

周璇看着那个豁口，想起早上那些旖旎的画面，面不改色道："睡觉的时候不小心弄的。"

化妆师根本没留意，边修边说："正好这次给您都修短一些，睡觉要小心，不然绷断了更疼。"

过了二十分钟，刘姐从主办方那边回来，手里大包小包地拿了好些东西。她把各式各样的礼品袋往桌上放，让小周一会儿拿去车里。

小周是新来的助理，现在还在试用期，闻言一边点头，一边还在整理一会儿周璇要换的赞助商提供的服装，手脚很麻利。

刘姐见周璇从镜子中望过来，解释道："你不是快生日了吗？这是主办方送的，有两份是老板以私人名义送的。"

"说起来是快七月了。"化妆师的手动得飞快，嘴也没闲着，"璇姐今年生日又该在组里过吧？"

下个礼拜周璇就要进组了，这一次依旧是封闭式拍摄，张导的要求一贯严苛，周璇也是他喜欢用的演员，这些圈里人都知道。

短短几年，周璇从《他乡》开始戏运就一飞冲天，从《他乡》《雏鸟》，还有后来的《藏红花》，都是口碑极佳的大作，票房大爆，奖项也是拿到手软。

张导不是拍主流电影的，一般只要是有作品，都是奔着国际电影节去，他又是B城圈中出了名的难讨好，经常资本都会在他面前碰壁。然而周璇只靠着《他乡》就打进了他的圈子，成为他近几年里合作最多的女演员。

周璇入圈后遇到的好机缘有很多，伯乐当然也都是些大人物，但在周璇心里，张导才是真正教会她表演的老师。

他把当时一无所有的周璇发掘了出来，不仅给了她最好的机会，

象牙塔

而且只用了拍摄一部电影的时间就激发出了她的才能。

她在出演《雏鸟》后再次声名大振，当所有人都在期待她未来的发展时，张导又力排众议，时隔短短两年，在《藏红花》这部电影里第二次选用了她。

《藏红花》和周璇之前拍的两部名作是完全不同的类型，出演的也不是什么一眼看去高光很强的角色，而是一位被拐卖的农村女孩的姐姐。

不同于以往周璇在银幕前那份自由的气焰，张导用这么一个贫穷悲哀，又无比坚韧执拗的角色把周璇当时开始变得浮躁的演技给重新压了下来。他像暴风雨一样摧折和历练她的翅膀，让她变得更为强大，也变得更加不拘一格，是铺垫出她适合所有戏路的人。

记者会井然有序地进行，张导和男主演一左一右坐在周璇身边，三人代表整个主创团队熟练地回答记者们的问题。

基本上张导电影的记者会请的都是一些熟悉的媒体，主演们私下关系也都不错，因此记者们问得也很大胆："据说这次有很多亲密戏，第一次和裴影帝合作就这个尺度，对此璇姐有什么想对张导说的吗？"

裴柏书今年已经三十五岁了，金像奖和最佳男主角奖已经蝉联两届，是近几年海内外都认可的实力派，也是张导的老班底之一。

他没有偶像那么注重保养，皮肤已经有了岁月留下的痕迹，但本身条件足够优秀，长得极有味道，一双含情眼仿佛就是为了银幕而生，从身材也能看出是个平时很自律的人，没有一点发福的迹象，穿起西装来有种如沐春风的倜傥。

闻言他对着提问的记者笑了笑,拿起了麦克风先调侃自己:"我也没有那么差吧?"

众人"哈哈"大笑,周璇在这个间隙拿起麦克风,说:"压力的确很大,但就算有怨言也不敢说,一个是我的老师,一个是我的师兄,主创团队里就我辈分最低,只能服从安排。"

张导在一边听到这话忍不住勾起嘴角,裴柏书点点头,接上话:"我懂,对他我也不敢有什么怨言。"

现场气氛不错,又有记者问:"因为这次的主题是'禁忌'恋,不知道三位年轻的时候有没有相似的经历呢?有能和角色共情的地方吗?"

这句"年轻的时候"话里话外都是问张导的意思,毕竟张导本人年少时的确有过许多离经叛道的绯闻,周璇和裴柏书闻言都默契地放下麦克风。

张导在众人的目光中慢悠悠地拿起麦克风,回答道:"谁年轻的时候没有喜欢过比自己年长的异性呢?青春期,经历过的都懂,朦胧的遐想谁都会有,只不过是发展出的结果不同罢了。'禁忌'这个东西到底是谁去定义的,感情之间是否应该存在这个判定,才是我们想要探讨的东西。"

记者:"两位主演认为呢?"

裴柏书说:"我觉得因人而异,这世界上有的人想要规规矩矩的爱,有人想要离经叛道的爱。如果是追求相似情感的两个人在一起,那么'禁忌'这个词其实对于他们来说就无关痛痒,只是世人的一种

自我判定罢了。"

说到这里,他笑了笑:"我妻子和我交往的时候总是被劝和我分开,大概我的身份在很多人看来也算是一种'禁忌',但我们最终还是结婚了。时至今日我们仍然爱着对方,所以我想,这个'禁忌'代表的是什么,或许每个人看来都不一样。我们不能以自己的价值观去评判别人的感情,当然,也不希望别人如此界定自己与他人的情感。"

记者席上有人鼓起掌来,裴柏书示意身边的周璇回答,后者拿起了话筒。

周璇的嗓音相较于很多女性而言显得有点低,她的中音域音色沉而亮,因此说话时总是显得她格外有风情。

她说:"我觉得只有当人有了'喜欢'这个想法,他们才会开始思考这段关系是否存在'禁忌'这个问题。打个比方,不是所有人都会先去思考'如果我和对方谈恋爱会是一种错误吗',你会对一个无感的人产生这样的疑问吗?我想我不会。"

换言之,一切自我剖析的前提都得是先动了心。

张导看了周璇一眼,没有吭声。

见面会结束,工作人员领着记者们离场。

主创们回到后台聊了一会儿,裴柏书看了看表,和他们道别:"我约了小卉吃饭,先走了。"

裴柏书夫妻是圈里公认的恩爱伴侣,他的妻子刘卉是一个自由艺术家,经营着一家画廊和一个雕塑馆,是完全的圈外人。

张导瞥了他一眼,摆摆手让他赶紧走。

周璇说:"下次再约你和嫂子吃饭。"

都是张导圈子里的人,周璇和裴柏书虽然是第一次公开主演合作,但私下关系其实不错,平时也的确是以师兄妹称呼对方。

裴柏书走了以后,张导忽然说:"你现在说话可比以前漂亮多了。"

这话言外之意就是嫌弃她以前愣头青嘴也笨,周璇不止一次被他这么说,倒也不在意:"您什么时候才能好好夸夸我?"

张导边走边说:"这次的戏对你来说会很难拍,你要做好心理准备。"

周璇:"是吗?"

"知道这个剧本为什么找你吗?"

周璇摇摇头。她对对方有先入为主的信赖,不管是出于学生的信赖,还是出于演员的直觉,她相信张导作为一个导演该有的嗅觉。

"因为这次是双方都被太多感情约束的戏,和你之前拍过的都不一样,可以说是完全和你的感情观相悖。"

张导目视前方,明明一眼都没有看她,她却能从他的语气里听出他的意思:"你在感情里太在乎'自由'了,所以罗素月这种角色你就能发挥得淋漓尽致,但在这部电影,你会演得很辛苦,吴瑶是一个过于追求爱情本质,却又被太多情感束缚的可怜女人,你和她就像是天平的两端。"

他们快走到走廊尽头,张导说:"如果是两三年前,我不会选你,但今天看来,我觉得现在的你是最合适的。"

这突然的转折让周璇有点绕不过来弯:"什么意思?"

象牙塔

张导抬手拍拍她的后脑勺，力道不轻也不重，像一个普通的长辈："自己去想，别什么都让我来教。"

"璇姐，生日快乐！"

小周推着蛋糕走出来，围成一圈的演员们唱起了《生日歌》。

今天是周璇的三十岁生日，除却最开始的两年，二十岁后几乎所有生日都是在组里度过，每一部作品都印着她成长的痕迹。

周璇身上还穿着戏服，下摆很长，其他人都离她远远的生怕踩到。

周璇等他们唱完歌，谢过一轮，然后吹了蜡烛。

周围人见她也没闭眼，问："许愿了没？"

"你们唱歌的时候许了。"周璇笑着说，"别磨蹭了，快让我切蛋糕，我去把衣服换了，太沉了。"

周围人都在笑，周璇简单地把蛋糕切开，然后把刀交给小周，自己先回了休息室。

等她卸完妆冲了澡回来，大家已经在院子里圈出一块地烧烤上了，周璇径直往导演那边走去。

其实在拍完《明日之后》第一部后没多久，周璇和文导的团队已经在着手推进第二部的进度了。因为第一部反响极好，所以最终敲定整个团队几乎是沿用了原班人马，只是上面关于题材部分政策忽然收紧，所有人都不得不一边观望一边做调整，尤其是沈周带领的编剧团队进程相当缓慢。

趁等待的时间，周璇履行了当时对张导的承诺，出演他两年前就定好的电影《海岸》。

　　周璇这次出演的角色是一个戏子，故事从主人公的视角开展，逐渐往前陈述自己的故事，然而越到后面故事的走向会变得越发诡异，其中还会掺杂许多社会问题，算得上是一部角度犀利的讽刺作品。

　　这部电影镜头语言相当丰富，不是张导一贯爱用的拍摄手法。

　　张导坐在角落里看着剧组里的年轻人玩闹，不远处烧烤炉架上的灯让周边变成暖黄色调，而他坐在光晕的边缘，如果没有特别留意很难被发现。

　　他年纪不算特别大，但不修边幅的模样看上去尤其沧桑，脸上干巴的褶子让他的气质显得尤为特殊，沉默的时候就像一个脾气古怪且性格孤僻的老人。

　　周璇认识他快十年了，算是比常人更了解他一些。她知道自己的老师至今无妻无子，前半生尽数风流，不算是大众眼里的好男人，后半生把自己困于方寸之间，大部分时间都耗在了拍电影这一件事上。被他指导过的演员大部分都愿意称他一声"老师"，可被他真正当作学生的演员却寥寥无几。

　　"《明日之后》第二部马上要开机了，上次碰见文导，他还特意提醒我让我注意时间。"张导见她坐下，瞥她一眼，"今天我可没扣下你，生日不去找男人，还留在这里干吗？"

　　周璇毫不客气："你不是男人吗？"

　　张导伸长了腿，换了一个十分舒适的坐姿，闻言笑了笑说："我这辈子见过的好女人太多，你这种麻烦的类型我实在无福消受。"

象牙塔一

周璇没接话,看着远处不知道在想什么。他们经常会有这样的状态,没营养地拌了嘴以后一老一少什么也不说,就坐在一起发呆。

事实上她的人生从这两年开始好像变得异常安稳起来,搁以前,这样的场合她不会多待,面子给足了就走,对谁都不会有太多介怀,因为不在意。

但这两年她似乎改变了许多。或许是年岁增长让她变得不那么尖锐了,也愿意多花点时间观察生活的方方面面。

张导在一旁懒洋洋地开口:"还记得当年我看到你的时候,你就像是那盏灯。"

张导指了指那盏被挂得高高的灯泡,被一根电线随便拴在一根杆子上,是剧组临时搭出来的照明工具,摇摇欲坠,像是随时会掉下来。

周璇的目光被那光亮引去,托着下巴不说话。

"当时我一边带着你,一边心里想着的其实都是你什么时候会真正摔一次,可没承想等着等着,你就到了三十岁,是我当年狠狠摔了一跤的年纪。"张导说这句话的时候语气很平静,连怀念的意味都没有,却让周璇回忆起当年的自己,无知而莽撞地带着绝不回头的孤勇,一心只想要挣破别人用于圈住自己的牢笼。

"现在的你已经不会再跌倒了,就算不小心摔跤也会有人给你包扎伤口。当你明白这件事的时候,受伤就变得不再可怕。你比我要幸运。"

这时候周璇的手机振动起来,在她接起电话之前,她似乎笑了笑,对自己的老师说:"大概是我的眼光比您要好得多。"

因为她选择的人，让她变得不害怕摔倒。

周璇披着外套往外走。他们剧组今天占的是影视城靠里的地方，但好在位置偏僻，串组的人不多，她一路走着都没遇着几个熟人，只有几个灯光师和搭棚的工作人员还在收拾东西。

路口停着一辆车，低调地藏在路灯照到的边缘，仿佛融在夜色里。这个时刻周璇的心很静，大概是一路走来脑子里什么也没思考，看到车的那一瞬间她忽然意识到今晚的星星也很亮，仿佛在邀请人与之夜谈。

萧则下了车，怀中抱着一束汉城粉菊。这个季节是花开得最好的时候，青黄色的花蕊像是星点一般聚拢。男人把它们轻轻拢在怀里，如同揣着晨昏时刻交织的彩霞，是昏暗中唯一一点暖色。

周璇忍住了没笑，挑着眉走到他跟前，用手拨了拨花瓣。不过两周时间，对方把花养得十分漂亮，每一支都有修剪过的痕迹。

萧则把花递给她："喜欢吗？"

周璇抱着花："还成，快十年了就送一束花，也好意思？"

萧则绕到一旁为她打开车门，在她上车前弯腰吻了她。

"你喜欢的话以后在家里养，等你回来就能看。"

这束汉城粉菊其实是萧则的一个合作方送的，收到的时候还没开花，正好前两周她人还在家，看到花苞随口说了句"不知道长开了怎么样"，萧则就把它插在花瓶里，按网上的教程养着。

影视城就在邻市，这花生命力强，前几天刚开了花，今天经历了

象牙塔一

　　五六个小时车程也仍旧娇艳欲滴，花瓣的颜色从一开始的紫粉色到后来逐渐变成过渡完美的粉白，这两天恰好是最好看的状态，从修剪到包装都由萧则自己完成。

　　这是他们在一起以后第一次为对方过生日，并非刻意安排，只是恰好萧则这两天难得有假，见花开得正好，就跑了这么一趟，周璇是看到来电显示的时候才猜到他来了。

　　这种心有灵犀随着时日增长在慢慢变多，当两个人真正开始一起生活后，周璇才好像渐渐能摸索到萧则藏于外表下的真正灵魂。以前发现一星半点就会觉得新鲜，因为她过去总是被那段关系桎梏，不愿意去细究萧则心里在想什么，直到他们相互敞开心扉，周璇才明白，萧则其实是一个内心有着学院派浪漫的男人。

　　他的温柔之所以带着距离，要日积月累才能慢慢发酵，正是因为他明白人与人之间不会拥有一样的情感。

　　他珍惜缘分，也珍惜着每一份情感中的"不同"，从不会刻意追求相处的深浅，而是把喜爱与珍重放置在时间里彰显，因此与他相处越久，越会明白他是个会与你讲述浪漫的人。他身上既有艺术家般的固执与敏锐，也有不变的专注与深情。

　　他们都上了车，却突然觉得这个点去哪里都一样，干脆在车里细细亲吻，一解相思之苦。花被他们放到后座，萧则把座位往后放了下来，如果没有特别留意，几乎看不清有人在车里。他们压得那样低，贴得那样近，胸腔之间没有一点距离，心跳声在这个夏夜无限拉长放大，吻也像是浸了汗一眼黏糊。

直到他们都喘不上气,周璇的嘴也变得红肿,她用手轻轻去碰萧则的脸,被萧则牵住亲了亲,唇上的湿润传递到指尖,让周璇的手指忍不住蜷缩了一个小小的弧度。

萧则问她:"还有什么想要的吗?"

周璇懒懒地躺着,看着背对着月色俯视自己的人,忽然问:"你呢?"

"嗯?"

周璇的手抚上他眼角的细纹,比起两年前,这道纹理更深了,也变多了,让他的眼角显得更温润多情,尤其是在他笑着的时候。

"我的愿望已经实现了,今年你也可以向我许一个愿望。"

萧则安静下来,似乎在思考。

周璇就在这个间隙等待着,悠然地放空着思绪。

过了一会儿,周璇眼前一暗,额头被轻吻了一下,随后听到萧则说:"能爱着我想爱的人就够了。"

他没有任何要求。希望与她共度余生这种话他不会说,人一辈子就那么长,光靠承诺无法拴绑两人的一生,能做的就是在可以爱的时候去爱,往后慢慢看,总有一天时间会证明一切。

那一刻周璇想起了当年朋友说的那句话,有那么一瞬间想回到过去对她说:"其实不尽然。"

因为就在今天萧则出现的那一刻,不,或许在更早之前,在他们曾经分开的那个黄昏,在那个酒店,他就让她明白了自己不是只想要被爱着,她也是会渴望去爱的。他们如此相似,也如此势均力敌,因

象牙塔

此她也成为想要去爱的类型，变得不再惧怕会喜欢上一个人的自己。

这世上没有人知道，半个小时前她许下的三十岁愿望，是往后余生能去爱想爱的人，去爱那轮只属于自己的月光。她如今可以在树林中行走，肆无忌惮的，看寂静的夜晚如何靠在月光的背上入眠。

因为她拥有了自己的花园。

Extra 02
/ 探班 /

周璇在年三十晚上公开恋情后在网上引起了一次短暂的大型地震。

和圈内其他明星领个证导致微博瘫痪的情况差不多,当天晚上光两人的名字就挂了好几个热搜,也有不少营销号去扒。

多亏了刘姐那边早做了准备,所以节奏更多是由周璇这边掌控,尽量让媒体减少了在萧则身上下的笔墨,两边粉丝一边心碎一边祝福。

那条微博萧则是在吃完饭之后开手机才看到的,那时候离周璇发微博已经过了两个多小时,他的消息多到开微博都卡了好一会儿。

当时周璇在旁边陪萧父萧母说话,萧则悄无声息地握住了她垂放在一边的手,另一只手在她微博底下评论了一条,才切到公司的聊天群里开始发过年红包。

比起路人,"月初"工作室的配音演员和工作人员受到的震动就

相对较少。

一来是大家都不约而同地有种"果然如此"的感觉；二来是周璇的身份从原本有些距离的影后摇身一变成了"师母"，让他们的关系好像一下子就拉近了许多。

他们在群里嗨到不行，纷纷在问这是公开恋情红包还是新年红包，还有老板娘那边有红包吗？

萧则一律没有理会，在众人的打趣中发够了二十个才停了下来，最后说了一句"这是两人份"就关了手机不再看群了，被陈楠指着嘲笑是个闷骚。

虽然在网上闹得欢，可当周璇在公开恋情后第一次到"月初"参与录音工作的时候，"月初"的众人对她的态度却十分微妙。因为两位正主目不斜视，说话做事都一副公事公办的样子让在场的人都陷入了疑惑。

录音师在棚里总忍不住打量他俩，次数多了被萧则瞅一眼，问："怎么？"

"没怎么，没怎么……"

录音师欲哭无泪，甚至都要怀疑那天周璇公开照片里的人是不是自己身旁这位了，接下来工作时大气不敢喘，直到顺利录制完成。

周璇从棚里走出来，看着录音师灰溜溜离去的背影，不解地问："小风怎么了？"

萧则笑了笑："可能是觉得老板娘的态度和自己想象中不一样，

有落差感吧？"

周璇挑眉，问："哦？那正牌老板娘这种时候应该怎么做？"

萧则俯身亲了她一口："自己想。"

刚买完水进来的小周看到这一幕差点一个急拐扭到脚，她猛地转身背对棚里。不一会儿萧则就笑着离开了，留下周璇在房间里若有所思。

"小周，帮我个忙。"

二十分钟后，"月初"二楼的办公大厅里传来此起彼伏的倒吸气声。

小周指使着配送员把东西摞在"月初"员工们用来讨论和开会的长桌上，没一会儿就把桌子安排得满满当当。所有人都闻讯而来，一时间整个二楼充满"蛙声"一片。

空气中飘着各种油炸物以及混合汤料的气味，除了炸鸡、啤酒、饮料，附近一家有名的中餐厅的花胶鸡连锅带菜一起送达，料给得十分足，崭新的电磁炉都配了十几个。萧则和周璇从办公室出来，看着众人不知所措的表情都忍不住笑了。

周璇在这种时候可不会怯场，等工作人员把食物都安置好了以后，她站在萧则身边抱着手臂说："我也不知道公开要走什么流程，不过大家都认识，就不说太多场面话，还想吃什么喝什么就让小周打电话，都是自己人，放开了吃。"

大伙儿也不知道是因为这顿吃的，还是周璇的那句"自己人"兴奋得"嗷嗷"叫，一口一个"嫂子万岁"喊得一个比一个嗓门大，完

全没有了她刚来那会儿的拘谨。

萧则在旁边浅笑着不说话，等身旁的人摆够了"师母"的架子才搂着她的腰，稍微弯身和她咬耳朵："周老师好大的架势。"

周璇因他凑到耳边说话的气息，侧脸酥酥麻麻，她瞥了他一眼："那能怎么办？让你露了脸，总不能不给名分。"

那头两人在黏糊，得知此事匆忙结束工作下楼的陈楠见到这阵仗简直惊呆了，余光扫到在角落里说悄悄话的两人，便挤过去假装痛心疾首："这简直是大大增加了以后咱们公司团建和发放福利的难度！"

周璇配合他演："以后叫上我的话可以报销。"

陈楠立即站直，转向萧则："听见没？以后公司活动多带家属！"

这种小插曲之后还发生过很多次，每次周璇来录音基本都会包当天的下午茶或者晚餐。陈楠虽然经常开这种玩笑，但其实也没当真，之后几次看周璇来真的还会觉得不好意思，私下偷偷跟萧则说过以后不用这样，怪破费的。

可萧则完全没当一回事，甚至提都没有跟周璇提。小两口的乐趣旁人不懂，他也不会跟别人解释。某人嘴上不说，但每次搭师母的架子都搭得乐在其中，他顺着她，每次都陪她玩。

有时候萧则也会去剧组探班，一般比较低调，也不会像周璇一样摆那么大的排场，但组里的工作人员都认识他。

萧则和主创团队比较熟，和导演编剧关系也不错，有几次媒体到场都能看见他和沈周在角落里等周璇下戏,有想要上去拍摄采访的,都被刘姐派人挡掉了。

那天和周璇对戏的是饰演《明日之后》男主角的方榕,这一场有他们的感情戏,两人在模拟空间站的场景中拥抱。这是一场欲言又止的分别,两人的笑都很苦涩,相依为命的两人在耳鬓厮磨,氛围比亲吻还要缠绵亲密。

方榕的演技很成熟,两人之前合作过一部电影,默契不错,以前也曾传出过在一起的绯闻,电影里有关他们的感情戏也是很大的看点之一。

"第一次现场看周璇演感情戏吧?不吃醋?"

听沈周这么问,萧则笑了笑,表现得意外淡然:"是没在现场看过,但在配音棚看过很多。"他的意思是他不是没看过她和别人的戏,尤其是亲热戏,他甚至担任过男主角配音,尺度再大也知道那只是演戏。

他看着不远处的两人。周璇陷入情绪中的脸庞很美,她的演技总能让人感觉到气氛的流动,哭泣也好笑也好,都是现实中的周璇很少会展现出的一面。

萧则看得很认真,目光深沉又专注,有一种除了她什么都不在意的心无旁骛。

导演喊了"卡"后,两人从绿幕布景上下来,一边拆掉身上的装置,一边走到监视器前检查自己的镜头。导演过来后,三人又讨论了

象牙塔

一阵,最后对这个镜头表示OK了,周璇才径直朝萧则的方向走去。

周璇脸上已经收起了所有的情绪,随口问:"聊什么呢?"

沈周笑着说:"聊你差别待遇有点大,我可听说你每次去'月初'都请下午茶,怎么轮到自己的组就这么不主动?"

周璇以为多大事,原来是要敲她请客:"到咱们这儿不应该换过来?你问问萧老师要不要请客?"

她十分自然地把手插进萧则微微伸出的手中,说着话的同时两人旁若无人地十指相扣,一个完全没有表现出被爱人看到自己演亲密戏的样子,另一个也没有表现出在意,而是十分顺其自然的,又让人情不自禁想要依靠的样子。

萧则作为被他们卷进来的无辜人士也没有拒绝,而是顺着问她:"想吃什么?"

沈周看着这样的两个人,难得打趣道:"这真是太阳打西边出来了,咱们影后在圈里是出了名的讨厌别人请客。"

萧则从容地反问:"那不是针对粉丝的吗?"

周璇好整以暇地望向他:"你不是我的影迷吗?"

萧则失笑,为她那不自知的撒娇的语气,然后在她的目光中欣然承认:"是。"

最后萧则还是请了客,还是用的周璇的名义。可是整个剧组都很清楚周璇请客的习惯,大概是她自己都没有注意过自己的助理永远都是买的A牌的咖啡,今天却换成了另一个牌子,蛋糕也不是往日里最不容易出错的提拉米苏或者巴斯克,而是水果轻乳酪蛋糕。

工作人员把食物分到每个人手里的时候，整个组里的人都看破不说破，大家都默默嗑了一口。

傍晚他们在剧组外的堤坝旁散步消食，两人牵着手，像世间再普通不过的情侣。工作人员在棚里工作着，晚上的戏是从八点开始，萧则待到那时候就要回去了。

只有他们两个的时候话就会变少，不是因为没什么可以聊的，而是两个人都更享受和彼此待在一起的时间。

他们对彼此的生活太过了解，以至于很多事情不需要询问就能得到答案，例如有没有休息好，从眼神或者神态就能互相察觉，所以干脆都不问。

可不管有没有语言交流，他们的肢体总会无意识地做出交缠的样子，不管是手指也好，手也好，有时候是肩膀都会不经意间触碰，反而透露出一种无法用语言形容的亲密。

快到时间了，他们踱步回棚里，快到的时候正好遇到在外面吃完饭回来的演员们，方榕也在其中。

他们自然而然地打招呼，聊着天，萧则这时候会站在周璇的侧后方半个身位，听着他们聊。

方榕和周璇同龄，也没有结婚，甚至没有交往对象，似乎很享受单身。

他性格比较爽朗，和周璇也能开玩笑，因为是同期所以两人关系也不错，不自觉地就形成了只聊两个人话题的氛围，在讨论着晚上接

象牙塔

着下午的那场感情戏。

周璇还在思考，忽然手指被捏了下，她下意识回过头，萧则不知道什么时候凑到她耳边，说："我先回去了。"

他说话声音低，却不是悄悄话，离周璇比较近的几个人都听到了。

方榕看了眼手机："萧老师不多待一会儿吗？"

萧则直起身，说："不了，本来就是过来看看她。"

身边的人看着他们的目光都带着打趣，笑着说"你们感情真好"。

周璇："我送送他，你们先去吧。"

其他人回着"行"，然后又一边聊起来，一边往棚里走去。

在走向停车场的路上，周璇一直瞥着萧则，后者像是没注意，直到来到车子前才对她说："我先回去了，你拍戏注意安全。"

"就这样？"

萧则："嗯？"

周璇忍不住笑了："你装也装得像一点。"

以他的教养，平时根本不会做出打断人聊天的事，更何况她知道他一点都不着急回去。

萧则闷笑。

四周没什么人，周璇把人抵在车门上，微微抬头吻住他的颈侧。

这个吻用了力气，持续了半分钟，直到那容易被领口挡住的地方留下一个清晰的印记，周璇才松开了他，气息有些不稳："白天不吃醋，现在搁这儿装什么？"

萧则环着她的腰："拍戏是拍戏，戏外不一定。"

他一副煞有介事的模样，周璇眯着眼打量了他半晌，最后得出结论："你少撒娇。"

萧则低头亲亲她的唇："很明显？"

"嗯。"周璇心不在焉地应了一声。

这个距离太适合接吻，刚才的轻吻勾起了周璇的瘾，她边说着话边忍不住和他唇齿相抵。两人吻得要比下午那场戏更热烈缠绵，明晃晃的一点也不想遮掩，如果这时候有人经过随便看一眼都会害羞。

等他们好不容易解了渴，周璇咬着他的下唇："不了解你的人估计都要信了，方榕等会儿要是过来问我看你臊不臊，多大的人了……你怎么这么会呢？"

萧则把这些话当作褒奖，为了不让人看到，他几乎扭过了身把她完全覆盖住："不喜欢我吃醋？"

周璇按着他的腰，觉得他最近怎么这么可爱，老男人偶尔来这一套简直是太犯规了。

"比起吃醋，我更喜欢你装吃醋跟我撒娇的样子。"

萧则额前的头发有点散乱，有一些垂落下来，遮住了眉头。周璇抬手给他捋了上去，手指顺势抚摸着他眼角的细纹。

夜幕已经完全降临，像是提醒他们要好好告别。两人并没有变得不舍，他们早已在不知不觉间以某种方式交融，像是独属于他们的小情趣，告别的次数多了，就学会了怎样在分别前让对方能继续爱着眼中的世界，又愿意在某一天回到自己身边。

象牙塔

"在家等我哦,"周璇笑着说,"萧老师。"

"好。"

不远处的蝉鸣声此起彼伏,似乎在诉说着夏日还长。

Extra 03
/ 年岁 /

周景在完成了国外的进修课程后，试着在网上注册了一个视频账号，取名为"JS"，没多久上传了一个八分多钟的视频。

起初这个视频观看人数不多，既没有关键词引流，也没有做任何推广，然而不久后被一位自然地理博主挖到并点了推荐后，渐渐地，播放量就高了起来。

原因是这个视频不管是拍摄还是剪辑都看得出高水准，主题是一次旅行记录，以第一视角去拍，出镜的只有一个女生，并且在其中穿插了许多用专业机器采集的生物镜头，视频风格静谧又治愈，在一次小范围的出圈后引起了广泛关注。

很快有人认出来视频里的女生居然是杜善，也就是《明日之后》的作者。

杜善曾经出席过《明日之后》的电影首映会，之后第二部上映也参加了记者会，很多人都眼熟她。

象牙塔

杜善本来就长得十分甜美，她和姐姐杜明熙算是作者圈里公认的美人，只是和杜明熙的明艳不同，杜善的气质更为灵动。

视频里的她穿着一条草绿灰色的碎花长裙，穿梭在一片树丛中，有人认出那是哥斯达黎加一个有名的生态森林，镜头以第一视角切换无人机完成了这个短视频的拍摄。

不少人猜测这是杜善的工作室官方账号，但几个月后第二个视频上传时，大家很快就打消了这个想法。

这个JS明显是私人账号，关注列表从始至终都是零，也不与任何人互动，并且看得出拍摄人与杜善关系匪浅。

镜头前的杜善看着持镜人的眼神带着明显的依恋，陷入热恋的少女每一个眼神都骗不了人。而拍摄人没有放过她任何一个微表情，她的一颦一笑都被精心地用镜头记录了下来，这一次他们的拍摄地点转移到了下一个城市。

这样带着浓浓"狗粮"味的视频在网上被营销号搬运以及疯转，尤其是视频里的情侣其中一方还算小有名气，使得大家的窥探欲很快就被勾了起来，纷纷研究持镜人会是谁。

有《明日之后》的电影粉很快开始猜这个J就是景的缩写，JS就是周景和杜善的简称。

对银幕前的观众来说，周景除了出演过电影的重要配角，在人前和杜善几乎没有任何交集，但圈内粉都清楚私下周璇和杜明熙关系不错，所以并不能排除两位当弟弟妹妹的交往的可能性。

粉丝们开始把他们出席首映会的视频翻出来，并且把周景和杜善两人的镜头放在一起寻找蛛丝马迹。可惜这个账号上传的两个视频里拍摄人都不曾出镜，更没有人声。某种意义上就像私人存档日记，大家恨不得逐帧考究，却都得不到确切结果。

刘姐留意到网上舆论的时候马上就给周璇发了消息。收到刘姐信息的时候，周璇刚好在和周景通视频电话，他如今和杜善在"毕业旅行"，已经游玩小半年了。

小情侣交往刚一年，起初杜善经常到国外陪周景。文字工作的自由性让她不管去哪里都可以安心写作，因此杜善那阵子时常出现在周景的校园里，也陪他往返于医院进行定期的身体检查。有时候沈周通知下来杜善又会飞回国优先处理电影剧本改编的事，两人那两年里分分合合，以一种不远不近的距离相处着。

周璇也不知道他们是因为什么契机走在一起，只知道两个年轻人都并非兴之所至，从他们在相识相伴两年后才进入恋爱关系就足以可见他们的谨慎。

周景并没有被这段缘分冲昏头脑，相反他给予了对方认真考虑自己的空间，他手术是成功了，但终究曾是个病人，他已经和社会脱节太久了，无法确定自己能否成为杜善的最优选。

但杜善在这段感情中表现出了出人意料的坚持。

她从见到周景的第一眼开始就被他牢牢吸引住了目光，就像每一个笔者都会遇见属于自己的缪斯，她认为周景于她而言就是这种存在。但她没有抗拒周景的这份体贴，而是用行动和时间表达了自己的态度，

象牙塔

最后慢慢地走到了他的身边。

周景之所以拍这些视频纯粹是出于个人喜好，当初他在拍摄《明日之后》时对此产生了浓厚兴趣，接着在周璇的帮助下花费了一年多的时间做前期准备，随后获得进修资格后又在国外学习了两年，最后修满学分顺利毕业。

当初他出国这件事也被媒体们捕风捉影，他们猜他毕业后会选择回国到周璇身边发展。可对周景来说学习这个专业并非为了获得更高的价值，出来拍电影和拍与心爱姑娘的旅行短片都是一样的，他没有那么多雄心壮志，因为他的人生其实才刚刚开始，他更愿意去摸索，去享受时间，和心爱的人一起。

起初他和杜善在哥斯达黎加住了三个月，直到一个移动硬盘都装满了，才再次收拾行囊出发。

他们没有制订很具体的计划，只有一个大致行动路线，甚至经常当天才决定是坐飞机还是火车，到了当地再找旅馆入住。

周景已经习惯了在旅行的过程中静下心来用笔记本剪辑视频，他的行李里大部分都是拍摄视频要用到的专业机器。一旦进入剪辑视频的状态他就会心无旁骛，杜善有时候会把过程录下来，再传给周璇看。

周璇看着屏幕里的周景快乐地笑着，他们如今已经辗转到了加州，此时窗外阳光和煦，少年的脸庞白得近乎透明，却不再是让人不安的苍白。

他一边说着自己没想到两个视频会引起那么多讨论，一边问周璇以后要怎么办，或许他应该把发视频的平台转移到国外，如果之后有人顺藤摸瓜，估计会给周璇带来一些麻烦。

但周璇靠在枕头上，闻言说："你和我的人生不应该被绑定在一起，去做你喜欢做的事情就好了。"她余光看见另一个人进了房间，嘴角不自觉泛起浅笑，继续对周景说，"可能时间还短，大家会对你产生探究的新鲜感，但时间长了他们就会明白你发视频只是纯粹出于分享。每个人的生活都很忙碌，不会有人一直去在意别人的事。你也会慢慢成为别人眼中的'你自己'，而不是周璇的弟弟。"

周景的表情因为周璇的这番话而变得动容，杜善就在这时走了过来。她似乎逛累了，表情有点怏怏的，把下巴搭在周景肩膀上，乖乖朝着镜头叫"姐姐"。

周景把很多话咽了回去，最后只说了一句"我知道了"，眼里都是感激。

小情侣在镜头前腻歪，过了会儿萧则洗漱完也上床了，四张脸都出现在镜头里，四个人同时笑了。

萧则没有说太多，只像是日常叮嘱一般："要注意安全。"

"好的。"

这几年周璇让周景一个人在外面生活，脱离了医生和自己的照顾，周景在慢慢适应原本应该拥有的生活。

起初周璇是不放心的，后来萧则说服了她，周景也用实际行动消除了她的担忧。

这个世界已经亏欠了这个少年太多时间，他眨眼就到了该绽放和收获果实的年纪，该谈一段纯粹的恋爱，去很多地方，快乐也好跌倒

也罢,这些哪怕是作为亲人也无法体会和分担。他们存在于对方生命里的意义是让彼此有个能够回去的地方,而不是为了束缚和干预对方的人生。

挂了视频电话后,周璇就回复了刘姐的信息,对方明白了她的态度,发了一句"OK"过来,并且让她早点休息。

周璇把手机放到一边后躺了下来,萧则自然地用一只手搂着她的腰。

周璇今年一直都处于休演状态,几乎把所有的剧本都推掉了。

《明日之后》不知不觉已经演到第四部了,这一次于她而言又是一次新的挑战。第四部会有很多太空舱和操作重型器械的镜头,她这半年里一直在着重这方面做针对训练,身形也变得结实了许多。

萧则揉了揉她越发柔韧的腰,说:"想去就去。"

他这话说得突然,周璇闭着眼却一点不觉得意外,搂着他问:"你有时间?"

萧则说:"可以有。"

从周景毕业后,她貌似就有点蠢蠢欲动,萧则一直没戳破,想看看她能憋多久。

"今年活儿不多,你想去看小景的话,我可以抽出时间。"

"谁说我想去看小景了?"周璇瞥了他一眼。

萧则笑了:"不是?"

"不是,他们两个小年轻谈恋爱,我去凑什么热闹,惹人烦。"周璇说完这句顿了一会儿,才说,"就是看到周景他们去云雾森林,想起当年在国外拍戏我也去过,当时的导游告诉我那里是世界上一百个即将消失的地方之一。"

"好像听小景说过,是因为气候变暖。"萧则似乎从她的语气中听出了什么,轻声问,"所以呢?"

房间里只留了一盏昏黄的小台灯,让他们能够在入睡前看清彼此的脸。周璇在他那让人安心的气息中变得昏昏欲睡:"我还没有和你去过呢。"

她的声音越来越轻,因困意显得黏糊:"以前我一个人去过很多地方,觉得于我而言看过已经足够,以后也不打算去第二次,但现在不知道为什么,一想到某个地方有可能在某一天消失,就变得很想和你一起去看。"

这世界上的任何事物都在经历着变迁,或快或慢,有的景色一个人也能看,因为往后两人还有机会一同旅行,可有的地方或许正随着年月消逝,等着等着,就再也没有办法和心爱的人共享。

萧则抚摸着她的头发,轻声说:"那我们一起去。"

其实对于山川河海而言,人的时间反而越无常也越珍贵,没有人会知道未来和意外哪个先来。

萧则很高兴周璇没有想到这一层,说明在她的潜意识中,她的未来是和他在一起的。

这对萧则来说是最大的褒奖,彰显着她的依赖,体现出信任。

他们在一起的那八年虽然很长,但并非在恋爱,而是在给彼此走

象牙塔

进对方生命中的一个漫长的适应期。哪怕最终他们总会相爱，萧则也不会心疼过去的时光，更不觉得那八年是在浪费时间，因为往后年岁渐长，他们可以更默契地携手同行，这就是结果，这就是答案。

周璇在睡前得到了自己想要的回答，"嗯"了一声，迷迷糊糊间察觉到额头被印下轻吻，那人说了一句"晚安"。

月色透过窗帘的缝隙洒入房间，留下了窗前花瓣的剪影。今夜的花香似乎和往日不同，仿佛在低语着，有人终于把过去的荆棘化作了花丛。

岁月不会辜负每一个对它有所期待的人。

他们的故事还很长。